Nicole

Fanny Hedenius
Camillas Zimmer

Fanny Hedenius

Camillas Zimmer

Titel der schwedischen Originalausgabe
HJÄRTAN OCH STJÄRNOR
Deutsche Übersetzung von Regine Elsässer

© Fanny Hedenius 1985
HJÄRTAN OCH STJÄRNOR
erschien erstmals bei
Bonniers Junior Förlag AB, Stockholm

Alle Rechte der deutschen Ausgabe:
© 1986 anrich verlag GmbH, 4178 Kevelaer
Einband: Birgit Lehmann
Gesamtherstellung:
Bercker Graphischer Betrieb, Kevelaer
ISBN 3-89106-023-8

1. Kapitel

Ich will nicht weinen,
wenn ich wütend bin

„Du sollst uns nicht kritisieren."

„Ich kritisier euch ja auch nicht. Ich sage ja nur, daß ich nicht mitfahren will."

„Was ist denn nur los? Camilla, mein Kind! Was ist denn in dich gefahren?"

Mama legte ihre kühle Hand auf meinen Unterarm. Sie beugte sich vor, damit sie mir vorwurfsvoll ins Gesicht schauen konnte. Aber ich zog schnell meinen Arm weg und drehte den Kopf zur Seite. Mir wurde plötzlich ganz kalt. Ich schauerte.

Papas Stimme summte, sie klang fast vergnügt: „Das ist ja schrecklich! Was machen wir denn jetzt? Das Mädchen ist natürlich verliebt." Er lief schnell durchs Zimmer, er war aufgeregt und fröhlich, weil ihm eine Idee gekommen war. „Meine liebe Bi!" (So nennt er Mama.) „Meine liebe Bi! Unser beider kleine Tochter ist vor lauter Liebe albern und widerspenstig. So ist es." Er ging auf die halboffenen Schiebetüren zu und rannte in die Bibliothek. Von da rief er: „Irgendein

Schuft hat ihr den Kopf verdreht, verstehst du, und jetzt hält er sie hier in der Stadt fest."

Er stellte sich auf die Zehenspitzen und wippte ein paarmal. Dann kam er zurück und stellte sich hinter den blauen Sessel, in dem Mama saß. Er legte seinen Arm um sie. Sie streichelte seine Hand und gleichzeitig ihre eigene Schulter. Ihre hellen Augen starrten mich an, oder sie starrten etwas hinter mir an. Dieser Blick machte mich unsicher.

Papa fuchtelte mit seinem freien Zeigefinger vor meiner Nase herum:

„Aber mit solchen Faxen mußt du warten, bis du alt genug bist! Hast du das verstanden?" Er legte seine Wange tröstend an Mamas Wange.

„Aber Camilla! Du bist doch überhaupt noch nicht reif für so etwas! Erzähl uns jetzt mal ganz genau, was passiert ist!" Mamas Augen wurden ganz groß und schauten enttäuscht und traurig. Sie ist unwiderstehlich, wenn sie einen auf diese ganz spezielle Art anschaut. Obwohl ich so wütend war, nahm ich doch noch wahr, daß sie schön und traurig war. Aber das war mir ausnahmsweise egal. Ich wußte, daß sie noch trauriger werden würde, und daß sie sogar Kopfschmerzen bekommen würde. Aber das war mir jetzt egal.

„Ich bin weder geliebt noch bin ich verliebt, und ich fahre nicht mit euch nach Kreta! Und

6

es ist auch nichts Besonderes mit mir passiert. Ihr habt euch was Besonderes einfallen lassen: mitten im Schuljahr eine Woche wegzufahren!"

„Papa und ich, wir arbeiten beide sehr viel. Deshalb können wir dir und Johan und Henrik eine solche Reise schenken."

„Ihr schenkt ja nicht, ihr fordert. Ihr verlangt von mir, daß ich dort bin und nicht hier."

„Aber was ist denn hier so wichtig? Es ist natürlich ein Junge. Erzähl Papa jetzt alles!" Er hatte Mama plötzlich losgelassen und war auf mich zugekommen. Er legte seine Hände an meine Backen und schaute mich neugierig und anerkennend an, ja wirklich anerkennend. Er interessiert sich nämlich wahnsinnig für die Liebe. Ich spürte seine weiche Haut und den zarten Duft nach Nelken, aber nur eine halbe Sekunde, seine Hände waren mir jetzt egal.

„Nein habe ich gesagt! Es ist kein Junge. Warum hört ihr mir denn nicht richtig zu?"

Ich stand schnell auf und stampfte mit dem Fuß auf den Boden. Laut. Und ein paarmal. Sofort kamen Moses und Beelzebub angesprungen und stellten sich neben mich. Moses leckte meinen Fuß, und Beelzebub rieb sich an meiner Hüfte. Daß die beiden bei mir waren, war ein Gefühl, wie in einen warmen Mantel eingewickelt zu sein. Ich ging in die Hocke und legte den Arm um Beelzebub. So fühlte ich mich sicherer, aber ich war auch kleiner, wenn ich mich so zusammenkauerte. Ich stand also sofort wieder auf.

„Ihr hört mir nicht richtig zu! Ihr habt mir überhaupt noch kein einziges Mal richtig zugehört. Wenn ihr mir zugehört hättet, dann würdet ihr euch jetzt nicht wundern. Ich habe die ganze Zeit gesagt, daß ich nicht mitfahren will. Und Mama geht trotzdem in die Schule und fragt meinen Lehrer, ob ich frei bekomme. Sie fragt für mich. Was soll der denn jetzt von mir denken? Daß ich so vergeßlich bin und keine Formulare mit nach Hause nehmen und die Freistellung beantragen kann? Das hätte ich schon gemacht, wenn ich gewollt hätte. Aber ich wollte nicht."

„Aber warum denn nicht? Warum nur, mein liebes, kleines Mädchen?«

Jetzt waren sie beide gleich besorgt und erstaunt.

„Weil ihr mir nicht zuhört! Weil ihr mir noch nie zugehört habt, und weil ihr mir auch auf Kreta nicht zuhören würdet. Deswegen."

Beelzebub knurrte und Moses lief unruhig hin und her. Als ich nichts mehr sagte, stellten sie sich wieder ruhig und warm neben meine Beine.

„Jetzt wirst du unlogisch. Du bist ja überhaupt noch nie auf Kreta gewesen."

„Nein, aber ich habe mit euch und Johan und Henrik eingeschneit in einer Hütte in Jotun-

8

heimen gesessen, und ich habe mit euch, Johan und Henrik bei Wind und Wetter in einer Ferienwohnung in Saint-Malo gesessen. Und es war immer gleich. Und es wird auch diesmal so sein."

Und dann mußte ich weinen. Das war ärgerlich. Ich will nicht weinen müssen, wenn ich wütend bin.

„So ein verwöhntes Mädchen!"

Sie schauten sich an und schüttelten den Kopf.

„Niemand hört mir zu. Mama schmeichelt sich bei Johan und Henrik ein, weil es nicht ihre eigenen Kinder sind, und weil es so gutaussehende junge Männer sind. ‚Reizende junge Herren', sagst du immer, Mama. Und Papa beschäftigt sich auch die ganze Zeit mit ihnen, weil er sie so selten sieht. ‚Meine tollen Buben', sagt er. Und mich verwöhnt ihr. Das ist das einzige, wofür ihr mich brauchen könnt. Ich soll brav sein und in die Hände klatschen, weil ihr ‚so viel arbeitet'. Ich soll Beifall klatschen und euch deswegen trösten. Ihr arbeitet immer so viel. Und wenn ihr nicht arbeitet, dann wollt ihr gelobt werden, weil ihr so viel gearbeitet habt. Ich arbeite auch, aber ich brauche euer Lob nicht, weil ich nämlich nichts lieber tue als arbeiten."

„Aber wir finden es doch auch prima, daß du so gut in der Schule bist."

„Es ist doch nicht die Schule! Habt ihr noch

nicht einmal das kapiert? Wozu habt ihr eigentlich euren Kopf? Seid ihr blind und taub? Schwachsinnig? Es ist das Ballett. Ich will wegen eurer doofen Touristenreise keine drei Tanzstunden versäumen!"

„Jetzt reicht es aber!"

Mama stand auf, sie war steif wie eine Eiskönigin. Papa guckte verstört. Er schaute natürlich nicht mich an, sondern sie. Er bekommt immer Angst, wenn sie wütend wird.

„So etwas müssen wir uns nicht anhören! Verschwinde!" sagte Mama und bekam ganz weiße Lippen.

Ich rannte raus. Moses und Beelzebub trotteten hinter mir her. Ich knuffte sie weg und nahm Jacke und Schal. Die Haustür schlug hinter mir zu, daß es vom Haus gegenüber widerhallte. Habe ich die Tür zugeknallt? Ich hatte das Gefühl, daß ich das nicht war. Ich hatte das Gefühl, daß ich in einer rasenden Bahn saß und daß eine Station hieß: Knall die Tür zu!

Ich hatte gar nicht gewußt, daß ich so wütend auf diese Kretareise war, bis ich mich selbst darüber schimpfen und schreien hörte. Ich hatte geglaubt, daß ich bloß keine Lust habe.

2. Kapitel

Die gelben Stoffschuhe

Es war kalt, und ich ging sehr schnell. Ich fror und fing wieder an zu weinen. Wie ist es denn so weit gekommen? Ich schämte mich. ‚Schwachsinnig‘, das sagt man zu Klassenkameraden, aber nicht zu den Eltern. Es stimmt natürlich, daß sie nie zuhören, aber das haben sie auf jeden Fall gehört. Was will ich ihnen eigentlich sagen? Nichts. Ich habe nichts zu sagen. Johan und Henrik können dauernd irgendwelche lustigen und interessanten Sachen erzählen, deswegen hört man ihnen auch zu. Aber ich habe wirklich nichts zu erzählen. Kein Wunder, daß sie sich nicht für mich interessieren. Ich habe nur den Tanz. Und darüber kann man nicht reden.

Platsch! Genau in die Pfütze! Ich merkte, daß ich bloß meine gelben Stoffschuhe anhatte. Ich wurde wieder wütend. Die Tür zuknallen! In Stoffschuhen auf die Straße gehen! In Pfützen treten! Und zu Hause sitzen sie im Sessel und schütteln den Kopf.

Ich war jetzt schon fast bei den Wohnblocks und der Schule. Da fiel mir plötzlich ein, wann ich das letzte Mal so wütend war. Das ist einige Monate her. Es war im Dezember, und Danja wurde von unserer Klasse zur Lucia gewählt, aber ‚nur zum Spaß‘. Als ich damals so wütend wurde und schrie und die beschimpfte, die Danja so weh getan hatten, da begriff ich plötzlich mit dem ganzen Körper, wie abscheulich es ist, einen Menschen nicht ernst zu nehmen und sich einen Spaß mit ihm zu machen. Und ich spürte, wie schrecklich es sein muß, nicht wirklich gemeint zu sein. Weil ich selbst... Gibt es mich nicht wirklich? Jetzt weinte ich wieder, und ich weinte ganz viel. Was haben Mama und Papa mir eigentlich getan? Nichts. Ich hatte das Recht, für Danja wütend zu werden, aber nicht für mich selbst.

Ich zog die Nase hoch und sah die düsteren Gestalten, die mir entgegenkamen und mich anschauten. In unserem Viertel bleiben die Leute abends zu Hause. Nach acht sind die Straßen völlig leer. Aber hier waren die Leute noch auf der Straße. Und schauten anderen Leuten ins Gesicht. Und da vorne fuhren Per und Kristian vor Loulous Haustür mit dem Fahrrad auf und ab. Die bilden sich Gott weiß was ein auf ihre silbermetallicglänzenden Zehn-Gang-Räder. Mein Fahrrad ist uralt und heißt Schwalbe, und ich bin stolz drauf. Ich halt's nicht aus! Ich halt's nicht aus, wenn die mich jetzt erkennen und ich sie grüßen muß.

Ich paßte nicht auf und stolperte in noch drei Wasserpfützen und rannte dann in Åsas Hauseingang, der direkt neben Loulous liegt.

Åsa ist meine beste Freundin. Sie ist meine einzige Freundin.

Ich machte im Hausflur kein Licht an. Ich wischte mir mit dem Schal das Gesicht ab und zog die durchweichten Stoffschuhe aus. Dann hatte ich aber das Gefühl, daß es noch blödsinniger aussieht, strümpfig und mit den Schuhen in der Hand dazustehen, und zog sie wieder an. Sie waren eiskalt.

Ich rannte die Treppen hoch, wartete aber, bis ich wieder ganz ruhig atmete, dann klingelte ich. An der Tür hat Åsa ein Schild angebracht, das sie aus einer Zeitschrift ausgeschnitten hat. Darauf ist ein grüner Hügel mit ein paar Katzen. ‚Hier wohnen Beata und Åsa', steht auf dem Schild.

„Grüß dich, Camilla, bist du noch so spät unterwegs? Åsa ist bei Loulou, aber sie kommt sicher jeden Moment. Sie hat versprochen, um neun zu Hause zu sein", sagte Beata und lächelte mit ihren Grübchen. Sie sieht eigentlich mehr wie Åsas große Schwester aus und nicht wie eine richtige Mutter.

„Dann geh ich zu Loulou", sagte ich schnell und drehte mich um, damit sie mich nicht so genau anschauen konnte.

Ich hatte eigentlich keine Lust, zu Loulou zu

gehen. Sie ist so eingebildet, weil sie eine Art Magnet in sich hat, der alle anzieht, besonders Jungens. Aber Åsa stört sich weder daran, daß sie eingebildet ist noch an den Jungens. Sie ist oft ganz freiwillig mit Loulou zusammen. Sie kennen sich seit dem Kindergarten, und ich glaube, daß Marianne, das ist Loulous Mutter, Beata ziemlich oft hilft.

Wenn Åsa und Loulou zusammen sind, dann fühle ich mich schrecklich ausgeschlossen. Ich habe einmal beobachtet, wie sie zusammen Engel im Schnee gemacht haben. Åsa sah mit Loulou zusammen so glücklich aus und schien mich überhaupt nicht zu bemerken. Ich existierte gar nicht für sie. Da wurde ich eifersüchtig. Und dann habe ich Zweifel, ob sie mich wirklich am liebsten mag, wie sie immer sagt.

Und jetzt war ich trotzdem auf dem Weg zu Loulou, denn an diesem Abend machte ich offenbar auch das, was ich sagte.

David machte die Tür auf. Er ist Loulous Bruder. Er ist ein Jahr jünger als Loulou. Er hatte eine Schere in der Hand und sah ganz lieb aus. Er schaute mich nicht so genau an, weil wir uns nicht sehr gut kennen und er offensichtlich mit irgendwas beschäftigt war.

„Hallo, komm rein. Loulou guckt mit Kenneth Video, aber Åsa ist da und schaut zu, wie ich Mama die Haare schneide."

In der Küche saß Marianne auf einem Stuhl.

Die Füße hatte sie in einer Schüssel, und vor ihr auf dem Tisch stand ein Glas Rotwein. Die eine Seite ihrer schon ziemlich kurzen Haare war mit Clips hochgesteckt. Sie war ausgesprochen guter Laune.

„Es kitzelt, David, mein Engel", sagte sie. Es machte David nichts aus, daß sie ihn vor uns ‚mein Engel' nannte, er mußte sich konzentrieren. „Hallo Camilla, zieh dich aus und setz dich. Findest du auch, daß ich ausgesprochen hübsch werde? Åsa findet das."

Åsa traute sich, ein „njaa" hervorzubringen und zu lächeln, sie ist vertrauter mit ihr als ich.

„Du bist ganz toll, David. Du schneidest wie ein junger Gott. Diese handwerklichen Fähigkeiten hast du von deinem Großvater mütterlicherseits. Er war gut, aber du bist genial!"

David ließ sich nicht stören. Ganz ruhig steckte er einzelne Strähnen mit Clips hoch, machte den Kamm naß und schnitt. Ab und zu beugte er sich vor und blies ihr ins Gesicht, damit die abgeschnittenen Haare wegflogen. Zum Schluß war der ganze Boden voller schwarzer Haare. Es sah aus wie bei uns, wenn ich die Hunde gebürstet habe. Als er fertig war, kämmte David Marianne und gab ihr einen Spiegel. Sie freute sich und lachte.

„Nicht schlecht, mein Süßer!"

Dann grapschte sie nach Davids Arm, und es gelang ihr sogar, ihn zweimal auf die Backe zu küssen. Aber jetzt wurde David streng. Er hob mit der freien Hand Kamm und Schere auf und schlüpfte weg.

Dann zeigte Åsa uns eine Zeichnung, die sie von den beiden gemacht hatte. David war ihr besonders gut gelungen. (Marianne sah auf dem Bild eher wie ein Tier aus.) David wurde ein bißchen rot, als er das Bild von sich sah. Er schaute Åsa an mit einem Blick, der zu sagen schien, daß er sie sehr hübsch fand. Sie ist hübsch, aber man muß schon einen ganz bestimmten Blick haben, sozusagen einen netten Blick, um das sehen zu können. Ich finde, daß es eigentlich mehr ihre Art ist und ihre Ausstrahlung, die so wunderbar sind. Ich war also ein bißchen überrascht, daß David sie so anschaute. Vielleicht will ich sie ganz allein gern haben. Aber ich weiß natürlich, daß die meisten Menschen sie gern haben.

Mir war es sehr recht, daß die anderen in der Küche so miteinander beschäftigt waren und niemand sich um mich kümmerte. Mir war es so lange recht, bis Åsa ihren Zeichenblock zuklappte und sagte:

„Es ist schon Viertel nach neun, ich muß sausen!"

Was sollte ich jetzt machen? Da bat Marianne mich, die Rotweinflasche zu holen und ihr einzuschenken. Ich verstand das so, daß sie nichts dagegen hätte, wenn ich noch ein Weilchen bleiben würde.

„Wer ist Kenneth?" fragte ich, als ich das Gefühl hatte, daß ich so lange stumm dagesessen
hatte, daß es schon fast unhöflich war.
„Das ist Mamas Neuerwerbung", sagte David
und drehte uns sehr abweisend den Rücken
zu. Er war unglaublich damit beschäftigt, die
Spüle und den Herd sauberzuwischen, die
auch wirklich ziemlich schmutzig waren. Besonders der Herd hatte Schmutzränder, denen
kaum beizukommen war.
„Er hat sein Videogerät in Loulous Zimmer
aufgestellt."
„Warum darf denn ausgerechnet sie es in ihrem Zimmer haben?"
„Darf? Weil niemand es im Zimmer haben
will. Und im Wohnzimmer muß Mama ihre
Ruhe haben, wenn sie näht."
„Was ist denn so schlimm an dem Video?«
„Am Videogerät ist nichts schlimm, aber an
den Filmen. Die sind absolut widerlich."
„Alle?"
Ich habe nur einmal ein kleines Stück von einem ekligen Videofilm gesehen. Aber das
sagte ich nicht.
„Auf jeden Fall alle, die er sich anschaut", sagte David.
In dem Moment kamen Kenneth und Loulou
in die Küche. Sie blinzelten ins Licht und
schauten uns an, als ob sie an einem merkwürdigen Ort in einem fremden Land unter
unbekannten Menschen gelandet wären.

„Erzähl bloß nichts!" rief David und hielt drohend den Spüllappen hoch, als ob er ihn Loulou ins Gesicht werfen wollte.

„Zuerst hängten sie ihn bei lebendigem Leib an einem Haken auf...", sagte Loulou und starrte aus dem Küchenfenster, als ob es draußen hinter der schwarzen Scheibe etwas gäbe, wovon nur sie etwas wußte.

David warf den nassen Spüllappen, und der landete an Loulous Hals. Marianne erwischte Loulou am Arm und zog sie auf ihren Schoß. Dann legte sie ihre Hand auf Loulous Mund. Loulou zappelte und wand sich, aber sie kam nicht los, weil Marianne sehr stark ist. Das Wasser in der Schüssel schwappte auf den Fußboden. Loulou erwischte den Spüllappen mit dem Fuß. Auf einmal flog er an die Decke und landete dann auf Davids Kopf. Er nahm ihn ganz ruhig herunter und machte dann am Herd weiter. Dann wischte er den Boden um Mariannes Fußbad auf und kehrte die Haare zusammen.

Kenneth setzte sich neben Marianne. Sein Blick tastete mich wie mit einem Scheinwerfer ab, von oben bis unten. Bei den gelben Stoffschuhen hörte er auf. Aber er sagte nichts und schenkte sich ein Glas Wein ein. Er war groß, sah gut aus, schien aber nicht sonderlich gesellig zu sein. Er sah fast zu jung aus, um zu Marianne zu gehören.

Marianne ist eigentlich noch nicht so alt, aber

sie sieht verbraucht aus, weil sie so viel arbeitet. Doch das gibt sie nicht zu. „Auf der Post ruhe ich mich von den Sorgen aus, beim Putzen habe ich Zeit zum Denken, aber wenn ich nähe, dann nähe ich", hat sie einmal zu meiner Mutter gesagt, als die sie gefragt hat, wie sie das alles schafft.

„Es ist halb zehn, müssen die da jetzt nicht bald ins Bett?" fragte Kenneth leise und mit finsterem Gesicht. Mehr habe ich ihn nicht sagen hören. David drehte sich um, und er und Loulou schauten sich einen Moment lang an.

„Camilla! Kannst du nicht über Nacht hierbleiben?" sagte Loulou und schaute mich beschwörend an.

Sie versucht normalerweise nicht, mich an sich zu ziehen, deshalb war ich ziemlich überrascht. Aber genau wie ich froh war, als Marianne mich bat, ihr Wein einzuschenken, freute ich mich über das, was Loulou sagte, denn es war der Beweis dafür, daß es in ihrer komischen Küche, in der ich mich eigentlich gar nicht zu Hause fühlte, einen Platz für mich gab. Ich war ja nur zufällig auf meiner rasenden Fahrt hier gelandet, und die nächste Station hieß offenbar: Bei jemandem übernachten. Deshalb sagte ich sofort ja.

„Aber du mußt zu Hause anrufen, damit deine Eltern wissen, wo du bist", sagte Marianne.

„Ruf lieber du an, Mama, sonst darf sie bestimmt nicht. Sag, daß wir Englisch lernen."
„Wegen so was lüge ich nicht."
Marianne ging in ihr Zimmer, dort steht das
Telefon. Ich hatte den Eindruck, daß sie ziemlich lange redete. Ich kam mir feige und mies
vor, weil ich mich nicht getraut hatte, selbst
anzurufen. Aber ich konnte einfach nicht. Ich
konnte aber auch nicht nach Hause gehen
und Mama und Papa Sachen erklären, die ich
selbst nicht verstand.
„Alles in Ordnung", sagte Marianne, als sie
zurückkam. „Aber ich hatte doch eine kleine
Diskussion mit Bi. Hast du zu Hause Krach
gehabt, Camilla?"
Ich wurde rot. Ich werde so schrecklich leicht
rot. Und nicht nur im Gesicht, sondern auch
am Hals und an den Armen, überall, bestimmt
auch auf dem Rücken.
„Weswegen gab es denn Krach? Willst du darüber reden?"
Ich konnte nicht darüber reden. Loulou und
David waren noch nie im Ausland. Die würden denken, daß ich total bekloppt bin. Das
fand ich ja auch, wenn ich mich mit ihren Augen anschaute. Aber es gibt eben noch meine
eigenen Augen. Und die sehen auch etwas.
Von innen, und sie sehen anders. Und im
Moment sahen sie einen Zorn, der sich nicht
ersticken ließ. Er blieb. Er grummelte immer
noch, wenn auch gedämpft. Und er war abso-

lut wahr, auch wenn niemand ihn verstehen konnte, auch ich nicht. Er hatte mich auf meiner rasenden Fahrt gelenkt, und es gab keine richtigen Begründungen, die ich hätte vorzeigen können. Ich kam mir überrumpelt und blöd vor. Und ich ärgerte mich.

„Nein, diesen Krach kann ich euch nicht erklären", sagte ich kurz.

Marianne holte eine Matratze aus dem Schrank und brachte sie in Loulous Zimmer. Sie gab mir eine Decke und eine gelbe Zahnbürste:

„Das ist die Gästezahnbürste."

Aber da nahm ich doch lieber Loulous. Sie war lieb. Sie war richtig lieb und freute sich, daß ich über Nacht bleiben wollte. Bevor wir ins Bett gingen, wollte sie meine Haare kämmen, und sie sagte, daß sie so weich wären. Ich machte ein paar Rollen vorwärts über die Matratze auf dem Boden, und Loulou machte in ihrem Bett Purzelbäume. Dann kam noch David aus seinem Zimmer und machte uns vor, daß er so lange auf dem Kopf stehen konnte, ohne sich abzustützen, daß es schon fast langweilig wurde.

Als wir uns hingelegt und das Licht ausgemacht hatten, fragte ich: „Ist Kenneth nett?"

„Zu mir schon", sagte Loulou und seufzte.

„Und warum seufzt du dann?"

„Weil er so gemein zu David ist. Nur weil David Mamas allerliebster Herzpinkel ist. Da wird er eifersüchtig und fängt dauernd Krach mit David an. Ich traue mich selbst fast nicht mehr, mit ihm zu streiten, nur weil Kenneth so gemein zu ihm ist. Aber er zieht bald wieder aus, glaube ich."

„Warum?"

„Mama hat keine Zeit für Männer. Wenn sie nicht nächtelang nähen kann soviel sie will, wird sie nervös und schmeißt sie raus. Sie will immer nur arbeiten. Und ich bin auch froh, wenn er wieder weg ist."

„Und warum?"

Loulou antwortete lange nicht. Aber sie seufzte noch lauter. Schließlich sagte sie: „Ist es dir auch schon mal passiert, daß du Sachen willst, die du eigentlich nicht willst?"

Ich dachte sehr lange und gründlich nach. Dann sagte ich: „Ich will manchmal nicht, was ich eigentlich will. Manchmal, wenn ich keine Lust habe, die Hausaufgaben zu machen, dann will ich, daß ich sie machen will. Aber genau dann will ich natürlich nicht. Es wäre doch praktisch, immer Lust zu haben, die Hausaufgaben zu machen, wenn man sie doch machen muß. Da müßte man dann nicht so viel mit sich selber streiten. Man kann nicht wollen, daß man will. Das Wollen kommt von außen, bei mir jedenfalls."

„Du denkst immer nur an die Hausaufgaben."

„An was denkst du?"

Loulou antwortete nicht, aber sie sprang aus dem Bett und warf den Bettüberwurf über das Videogerät.

Als sie wieder im Bett war, machte ich das Licht an und schaute sie an. Sie hatte die Bettdecke ganz fest in beide Hände genommen und sie hoch bis zu ihrem spitzen Kinn gezogen. Der Mund war nur noch ein Strich und die Nasenlöcher wie zwei kleine Apfelkerne. Nur die Augen waren besonders groß und weit aufgerissen. Aber sie schaute mich nicht an, sie starrte zur Decke. Loulou hat was, daß man sie manchmal fast nicht fragen kann, was los ist. Ich hielt also meinen Mund und machte das Licht wieder aus.

„Nicht ausmachen!"

„Warum nicht?"

„Ich hab Angst."

Sie streckte ihre Hand nach mir aus. Sie mußte ganz an den Rand von ihrem Bett rutschen, weil ich ja auf der Matratze auf dem Boden lag. Ihre Hand war eiskalt und feucht. Und dann kam sie plötzlich zu mir heruntergekrochen.

„Hast du Angst vor Kenneth?"

„Ach, der!"

„Aber du zitterst ja am ganzen Körper."

„Ich will hier bei dir bleiben. Ich trau mich nicht, zu Mama und Kenneth ins Zimmer zu gehen. Und David wird nur sauer, wenn ich komme. Er ist der Meinung, daß ich selbst schuld bin. Ich störe ihn nämlich fast jede Nacht."

Ich nahm sie in den Arm, und sie hörte auf zu zittern. Ich war so müde, daß ich schon fast nicht mehr wußte, wo ich war. Ich hatte das Gefühl, daß ich zu Hause auf dem Boden vor dem offenen Kamin lag. Er leuchtete schwach, und meinen Arm hatte ich um Beelzebub gelegt. Ich fragte mich, wo Moses wohl war, weil er nicht neben mir lag. Gerade als ich dachte, daß ich ihn suchen gehen muß, flüsterte Loulou mir ins Ohr:

„Ich habe Angst einzuschlafen."

„Hm, was?" murmelte ich.

„Bist du schon mal nachts aufgewacht, weil du etwas geträumt hast, das so schön war, daß du mitten in der Nacht hellwach geworden bist – dich aufgesetzt hast und dein Zimmer mit ganz anderen Augen angeschaut hast? Als ob dein Zimmer ein ganz neues und viel glücklicheres Zimmer als das normale wäre?"

„Nein, noch nie."

„Aber Alpträume, wo man aufwacht und heult? Wo man hochschreckt und ganz schnell aus dem Zimmer muß, weil alles im Zimmer so fürchterlich ist. Ist dir das schon passiert?"

„Ja, schon, aber nicht sehr oft. Früher, als ich noch klein war."

„Warum ist das denn so? Alle haben solche

Alpträume, aber eigentlich niemand richtige Glückstraume. Warum habe ich denn so einen gemeinen Traummacher in mir, der jede Nacht so schreckliche Bilder produziert. Und ich träume fast nie was Wunderschönes. Bin ich so böse?"

„Quatsch, du weißt genau, daß alle dich toll finden, und daß nie im Leben dich jemand böse findet. Behauptet David, daß du so böse Sachen träumst, weil du böse bist? Sagt er deswegen, daß du selbst schuld bist? Dann ist er einfach blöd."

„Er sagt, daß ich selbst schuld bin, weil ich mir Kenneths Filme anschaue. David hat es gut. Er will nämlich immer, was er will. Er will sie nicht anschauen, und er schaut sie auch nicht an. Beim ersten Mal, als er so einen Film gesehen hat, mußte er sich übergeben, und seither will er sie nicht mehr sehen. Er kann nicht verstehen, daß man etwas will, was man nicht will. Er ist bestimmt noch zu klein. Ich will die Filme sehen, obwohl ich nicht will."

„Und deine Mutter, was sagt die?"

„Am Anfang, als er mit diesem schrecklichen Ding kam, da war sie ja in ihn verliebt. Alles, was er machte, war toll. Sie sagt, daß es das Böse in der Welt gibt, und das muß man eben verstehen lernen. Aber bloß ich muß fast jeden Abend mit Kenneth vor dieser Kiste sitzen und das Böse in der Welt in mich aufnehmen, sie hat nie Zeit. Und David schaut sich ja nichtmal im Fernsehen schlimme Sachen an. Warum muß ich denn? Es hört ja nicht auf damit, daß man abschaltet. Es geht immer weiter und weiter, draußen in der Welt und drinnen in mir. Warum bin ich bloß so schrecklich?"

Arme Loulou. Sie fing wieder an zu zittern. Ich nahm ihre kalte, feuchte Hand.

„Diese Hand ist nicht schrecklich", flüsterte ich.

Ich streichelte sie.

„Diese Backe ist nicht schrecklich."

Ich strich ihr über die Haare.

„Diese Haare sind nicht schrecklich."

Da merkte ich, daß sie schon eingeschlafen war. Und ich träumte weiter, daß ich nach Moses suchte.

„David! Du verdammtes Balg! Komm her und schau dir an, was du gemacht hast!"

Ich wachte von Mariannes wütendem Geschrei auf. Ich sah sie durch die offene Tür von meiner Matratze aus. Sie stand im Flur und hatte einen kleinen Spiegel in der Hand und schaute sich von hinten an.

„Du hast sie ja nicht mehr alle, David! Es ist ja ganz schief. Und links ist ein großes Loch!"

„Gestern hast du noch gesagt, daß ich genial bin", sagte David kleinlaut.

„So, das soll ich gesagt haben? Paß bloß auf, und reiz mich nicht noch mehr."

„Doch Mama, das hast du gesagt", sagte Loulou.

„Misch du dich nicht auch noch ein. Siehst du
denn nicht, daß ich auf der einen Seite ganz
kahlgeschoren bin?" Sie zeigte auf eine Stelle
hinterm Ohr. „Außerdem warst du gar nicht
dabei."

„Nein, aber ich weiß, daß David bei solchen
Sachen nie lügt."

„Noch nicht einmal zu Hause wird man ge-
recht behandelt, wenn die beiden immer zu-
sammenhalten."

„Vorne hat er es ganz toll gemacht, finde ich",
sagte Loulou.

„Ich finde, daß du mit den kurzen Haaren
richtig hübsch aussiehst", sagte David.

„Sie muß sich nur richtig kämmen", sagte
Loulou zu David.

„Ja, genau", sagte David.

Loulou nahm einen Kamm und kämmte Marianne. Als ich sah, wie folgsam sie sich kämmen ließ, traute ich mich, aufzustehen.

Als ich meine gelben Stoffschuhe sah, kamen
mir fast die Tränen. Gestern das war also
nicht nur ein Alptraum gewesen! Mit den
Schuhen bekam ich genau das Gefühl, das ich
bekomme, wenn Mama mich kritisch anschaut. Mit denen konnte ich nicht in die
Schule gehen. Und ich wollte auch nicht
heimrennen und andere Schuhe holen. Aber
Loulou war unheimlich lieb. Sie gab mir ihre

niedrigen schwarzen Stiefel, obwohl sie noch fast neu sind. Sie selbst zog ihre alten Turnschuhe an.

Åsa kam und holte Loulou ab, sie haben ja den gleichen Schulweg. Sie war völlig überrascht, als sie mich da in Loulous Stiefeln sah. Ich umarmte sie schnell. Aber sie hing schlaff wie eine Stoffpuppe in meinen Armen und wurde erst wieder normal, als David sie an den Haaren zog. Da lächelte sie.

Dann gingen wir alle vier zusammen in die Schule. Åsa ging zwischen mir und Loulou. Wir redeten nichts, sie wollte offenbar sauer sein. Aber David rannte die ganze Zeit vor uns her und machte Faxen, daß sie schließlich doch lachen mußte. Sie verstand, daß er sie für sie machte.

3. Kapitel

Die Tollpatsche

Nach der Schule hatte ich Ballettstunde. Ich habe zweimal in der Woche Gruppenunterricht und einmal Privatstunde. Meine Tanzlehrerin heißt Vija Vanker. Sie ist in einem offenen Boot aus Estland geflohen, als sie fünf war. Jetzt ist sie schon fast fünfzig. Sie sagt, das einzige, was einem richtig gehört, ist der Körper und das, was man kann.

Als ich noch in der Kindergruppe war, hatten wir alle Angst vor ihr. Sie wurde so schrecklich ärgerlich, wenn wir Fehler machten. Sie sagte uns nicht einmal, was wir falsch machten; sie kam zu jedem einzelnen Kind, faßte uns fest an, bis wir verstanden hatten, was wir machen sollten. Tanzstunden sind ganz anders als Schulstunden. Beim Tanzen ist die ganze Zeit über alles wichtig. Wir dürfen noch nichtmal husten, auch wenn wir müssen. „Einbildungshusten!" sagt sie dann. Viele kommen auch gar nicht mehr zum Ballettunterricht. Viele Mütter von Kindern, die Schnupfen hatten und sich nicht die Nase putzen durften, sind böse auf sie.

Aber ich habe von Anfang an gefunden, daß sie wundervoll ist, und ich finde das immer noch. Ich habe noch nie einen Menschen getroffen, der so vollständig in dem ist, was er macht. Ihre Konzentration ist ansteckend, genau wie ihre Kraft.

Wenn ich mich so bewege wie sie, dann habe ich das Gefühl, daß nicht ich tanze, sondern mein besseres Ich. Ich glaube, daß immer nur andere Menschen das bessere Ich aus einem herauslocken können, wir können das nicht selbst. Aber Vija Vanker lockt nicht, sie fordert es mit harten Griffen.

An diesem Nachmittag faßte sie mich mit so einem Griff am Hals. Ich hätte laut aufgeschrien, wenn, wenn sie mir nicht letztes Jahr einmal „Selbstdisziplin!" ins Ohr gezischt hätte, was ich nie im Leben vergessen werde. Wenn sie mich so anfaßt und mir einen solchen Peitschenhieb mit den Augen gibt, dann weiß ich aber auch, daß ich in diesem Moment das Allerwichtigste bin, sogar wichtiger als sie selbst.

Als ich kurz darauf einen anerkennenden Blick bekam, weil ich es jetzt richtig machte, da hatte ich das Gefühl, zu schweben und zu leuchten.

Mama sagt manchmal: „Ich will ja nur dein Bestes." Dann will sie mich an etwas hindern. Aber Vija Vanker will, daß ich gut bin. Das ist etwas ganz anderes. Das heißt, daß ich Vollgas geben soll, am besten noch mehr. Ich werde immer mehr ich – statt weniger.

Auf dem Heimweg wiederholte ich den neuen Schritt ganz oft im Kopf. Plötzlich stand ich vor unserer Haustür und wußte gar nicht mehr, wie ich hergekommen war. Das Fenster vom Fernsehzimmer im Keller stand offen. Ich hörte Johans Stimme und Hundegebell. Da war es dann ganz leicht, reinzugehen und „Hallo" zu rufen.

Johan und Henrik sind meine großen Brüder, aber wir haben nicht dieselbe Mutter. Johan ist Turnlehrer, und er beschäftigt sich vor allem damit, verschiedene Bewegungen zusammenzustellen, die gut für entwicklungsgestörte Kinder sind. Er will ein Buch schreiben, das heißen soll: „Freudengymnastik für entwicklungsgestörte Kinder." Er glaubt, daß er sie dazu bringen kann, daß sie all das Dunkle, was in ihnen ist, wegstampfen und wegturnen können, und daß sie ein bißchen Glück erreicht. Ich habe ihn einmal mit seinen Schützlingen gesehen. Das war so lustig, daß ich fast weinen mußte. Er trommelte und machte Spaß und hatte eine so unglaubliche Geduld, daß zum Schluß alle lachten und mit ihm hüpften und winkten.

Aber er war auch mit mir bei Vija Vanker. Das war schrecklich. Er wurde so wütend auf sie, daß ich Angst hatte, er würde auf sie losgehen und sie anschreien. Er sagt, daß sie die

schlimmste Kinderquälerin ist, die er je gesehen hat. Und wenn ich dann sage, daß es für
mich nichts Schöneres gibt, als zu ihr zu gehen, dann sagt er, daß ich ein armes, mißhan-
deltes Kind sei, das seine Mißhandler sogar
noch liebt.

Da hat er einfach nicht recht, auch wenn er
ganz sicher ist.

Jetzt kam er nach oben, die Hunde hinterher.

„Hallo, du armes, kleines, unterdrücktes We-
sen", sagte er und faßte mich bei den Ohren."
Das gefällt dir, was? Und jetzt?" sagte er, faßte
mich am Hals und stellte mir gleichzeitig ein
Bein, so daß ich hinfiel. Dann drückte er mir
sein Knie ins Kreuz und sagte: „Das tut gut,
was?"

„Hmm." Ich nickte und lachte. Es war toll, daß
er da war. Ich stand auf und umarmte ihn.

„Guten Tag, Camilla. Das ist ja wirklich nett,
dich zu sehen." Das war Mama, die aus der
Küche kam.

„Was ist denn los, Bi? Wie redest du denn?
Hat sie sich schlecht benommen? Braucht sie
vielleicht noch eine Abreibung?" fragte Johan.

„Mama! Tag! Verzeih mir... es tut mir leid."

„Ja, ja, mein liebes Kind", sagte Mama, legte
mir die Arme um die Schultern und schaute
Johan an. „Wir hatten eine kleine Auseinan-
dersetzung." Sie strich mir über die Haare. Ih-

re Berührung war unglaublich leicht und auch so angenehm nach Johans harten Griffen. Dann schaute sie auf meine Füße:

„Was hast du denn für Stiefel an?"

„Die gehören Loulou."

„Die sind ja wirklich ziemlich vulgär."

„Dann haben fast alle Mädchen bei mir in der Klasse ‚ziemlich vulgäre' Stiefel."

„Wie du hörst, kommt unsere kleine Camilla in die Pubertät. Komm jetzt rein, wir können essen. Papa ist schon zu Hause."

„Hier, Richard, hier ist ein kleines Mädchen, das wieder brav ist und sich entschuldigen will", sagte Mama zu Papa, und sie schob mich zu Papa hin, damit ich ihn um Verzeihung bitte.

Aber das konnte ich nicht. Mit Mama war es leichter. Es tat mir wirklich leid, daß ich ihr weh getan hatte. Denn wenn man ihr weh tut, dann geht es ihr so schlecht. Sie bekommt eine schreckliche Migräne und kann nicht mehr denken, bloß noch leiden. Irgendwie erwarte ich von Papa mehr. Er wird von so was nicht fast wie gelähmt. Er wird ärgerlich und gestreßt, wenn etwas schiefläuft, aber er hört nicht auf zu denken.

„Es tut mir leid, daß ich das gesagt habe..." fing ich an.

„Es war also alles bloß eine Laune. Du darfst nicht so unglaublich unachtsam mit unseren Gefühlen umgehen. Mama ist es gestern sehr nahe gegangen. Sie will dich jetzt schonen und nicht darüber reden. Aber ich bin froh, daß du deine Meinung geändert hast und mitfahren willst. Und merk dir eins: alle sind dafür verantwortlich, daß es schön wird."

„Aber Papa, es tut mir leid, daß ich diese Wörter gesagt habe. Aber..."

„Es ist schon gut. Jetzt essen wir. Es gibt, glaube ich, Dillfleisch. Wie findest du das, Johan?"

„Das weiß ich doch schon, daß Bi mir mein Lieblingsessen gekocht hat", sagte Johan. „Du bist eine wunderbare Stiefmutter, weißt du das?" Er gab ihr einen Kuß.

„Ja, als Stiefmutter tauge ich vielleicht", sagte Mama und lächelte Johan traurig an.

„Und als kulinarische Expertin? Und als Personalchefin in der Porzellanfabrik? Und als schönste Frau der Stadt? Und als Aquarellmalerin? Und als Dekorateurin und Innenarchitektin? Du siehst aus, als ob dich seit Stunden niemand gelobt hätte. Stimmt das, arme Bi?"

„Ein wunderbares Dillfleisch!" rief Papa, weil er auf keinen Fall nachstehen wollte.

„Und du Camilla? Schmeckt es dir nicht? Du hast dir so wenig genommen. Du hast doch sonst immer Appetit, wenn du bei Vija Vanker warst."

„Doch, es schmeckt. Aber..."

„Hör zu, wir wissen alle, daß du Dillfleisch

nicht so wahnsinnig gern magst. Aber das brauchst du wirklich nicht noch laut zu sagen. Wenn das Essen einem schmeckt, kann man es loben. Ansonsten braucht man es nicht zu kommentieren."

„Ich hab nichts gegen das Fleisch. Das ist es nicht. Es ist…"

„Hast du heute wieder mit deinen Tollpatschen getrommelt, Johan?"

„Den Tollpatschen ging es heute prima, bis auf einen. Er fand, daß er dauernd überstimmt wurde und setzte sich mit einem umgedrehten Stuhl in eine Ecke. Da schauten ihn dann alle an, und das war wieder zu viel Aufmerksamkeit. Er heulte zum Schluß. So kann es gehen."

„Ja, so kann es gehen." Mama und Papa lachten beide laut.

„Ich kenne das gut", sagte Papa. „Ich habe einen Abteilungsleiter, der auch dazu neigt. Ich muß ständig aufpassen, daß er sagen darf, was er auf dem Herzen hat, sonst schnappt er ein und kann eine ganze Sitzung sprengen."

„Ich glaube, ich weiß, von wem du sprichst. Es ist Björn Gustavson, nicht wahr? Was für ein Glück für ihn, daß er so einen Chef hat wie dich, Richard."

„Papa ist eben Psychologe", sagte Johan. „Eigentlich ist er ein Psychologe, der am falschen Platz, ich meine, am richtigen Platz gelandet ist."

„Ein Stückchen Käse zum Nachtisch? Holst du bitte die Tellerchen, die auf dem Servierwagen stehen, Camilla? Wenn du lieber Eis willst, kannst du es dir selbst aus dem Kühlfach holen, meine Kleine."

Ich räumte die Teller zusammen und stellte eine Platte mit Käse und Crackern hin. Als ich in die Küche kam, blieb ich einen Moment mit den Tellern in der Hand stehen. Das war also alles, was von dieser Mahlzeit übrig war: ein ordentlicher Stapel mit Tellern. Mamas und Papas, dann Johans, und zuunterst meiner, mit dem ich die anderen trug. Obendrauf lag das Besteck, kreuz und quer. Messer und Gabeln waren ineinander verschränkt wie die Stimmen eines Gesprächs. Ein bißchen Soße und ein paar ungenießbare Reste, besonders von meinem Teller. Ich hatte ziemlich viel Fett, das ich nicht herunterbekommen habe. Vielleicht blieb die Zeit eine ganze Minute lang stehen, vielleicht waren es nur ein paar Sekunden. Manchmal wird einem etwas deutlicher, wenn man sich bewegt, wie bei Vija Vanker, manchmal aber auch, wenn man ganz still bleibt, wie jetzt in der Küche. Mein ganzer Körper war wie eine Uhr stehengeblieben. Er tickte ganz leise: Ich! Ich! Ich!

Der unterste Teller, ein paar Fettstreifen, ein schlampig zusammengelegtes Besteck in der Soße von anderen Tellern, das war alles. Diese alltäglichen Dinge kamen mir plötzlich wie vergrößert vor, wie in einem Film, wenn der Reißverschluß der Aktentasche des Detektivs in Nahaufnahme gezeigt wird, den man gut im Gedächtnis behalten soll, weil das später im Film noch einmal wichtig wird.

Ich setzte mich hin. Auf einen Stuhl. Und er stand auch richtigherum. Es gab noch andere Reste vom Abendessen. Einige „Obwohl…", „Aber…", „Ich wollte doch…", die ohne Zusammenhang ausgespuckt worden waren. Diese Reste brachten mich völlig aus dem Gleichgewicht. Ich wußte nicht einmal mehr, daß ich eigentlich Eis holen wollte. „Ich will nicht mit Euch zusammensein", flüsterte ich leise dem Besteck zu, aber ich bewegte die Lippen, als ob wirklich jemand da gewesen wäre. Moses und Beelzebub kratzten schon eine ganze Weile an der Tür, aber das war mir egal. Außerdem kriegt Mama einen hysterischen Anfall, wenn sie sie in der Küche sieht.

„Sitzt du allein hier in der Küche und weinst! Und Eis hast du auch noch keins!"

Mama und Johan deckten ab und kamen in die Küche.

„Sie ist in letzter Zeit so labil, unser großes, kleines Mädchen."

„Hat dich deine Kinderquälerin heute noch nicht genug gequält? War sie zu sanft?" fragte Johan.

Obwohl ich heulte, mußte ich doch mit dem

einen Mundwinkel ein bißchen lachen, als er das sagte. Bei Johan habe ich immer das Gefühl, daß er ganz nah dran ist, alles zu verstehen, aber das stimmt nicht. Er stellt sich dumm, aber wie ein Clown, über den man lachen muß. Wenn er mein richtiger Bruder wäre, dann würde er mich auch verstehen. Zum Spaß. Im Ernst. Ernst genommen werden. Allen Ernstes vorhanden sein. Ernsthaft reden mit den beiden, die die ganze Zeit nur umeinander herumscharwenzeln.

„Papa!"

Er kam in die Küche, nett und lieb und satt nach einer freundlichen Mahlzeit im Familienkreis.

„Mein Kleines! Ist es so schwer, groß zu werden?" Er schaute mich mit seinen allerbesten braunen Augen an und nahm meine Hand, die auf dem Tisch lag. Zwischen seinen hellbraunen, faltigen Fingern sah meine Hand ganz weiß und glatt aus. Er hat lockige, schwarze Haare auf dem ersten Fingerglied.

„Meine liebe Kleine!"

Als er das sagte, mußte ich so arg weinen, daß Mama Johan aus der Küche schob. Moses und Beelzebub nutzten die Gelegenheit und schlichen in die Küche, ohne daß Mama es merkte. Ich setzte mich auf Papas Schoß und legte meine Arme um seinen Hals. Mama kann das nicht leiden, sie sagt, daß es grotesk aussieht, weil ich so groß bin. Aber Papa kann es gut leiden. Ich legte meine Nase an seinen Kragen. Papas Geruch ist das Beste, was ich kenne. Er riecht nach Nüssen und Zitrone, außer wenn er frischgewaschen ist, dann riecht er nach Nelken. Moses legte sich so hin, daß ich meine Füße auf seinen Rücken stellen konnte, und Beelzebub legte sich ein Stück weiter weg auf den Boden und schaute uns eifersüchtig an. Papa wiegte mich und sang ein Lied, so wie früher, als ich noch klein war:

> Backe, backe Kuchen
> der Bäcker hat gerufen
> wer will schöne Kuchen backen,
> der muß haben sieben Sachen
> ...

Ich machte meine Hände ganz schlaff, damit er sie zusammenschlagen konnte, wie man das in diesem Lied machen muß.

Papa ist ganz toll mit richtigen kleinen Kindern. Da blüht er auf und wird jung und glücklich. Es ist ein Jammer, daß Johan dauernd seine Freundinnen wechselt und Papa nie Enkel bekommt. Aber jetzt gefiel es mir, von Papas Spielchen eingelullt zu werden, nur noch eine lachende Hand zu sein, wo es nur darauf ankam, sie so schlaff zu halten, daß Papa alles mit ihr machen konnte.

„Aber Papa! Ich will eigentlich nicht so behandelt werden!"

„Das weiß ich doch!" Er legte meine Hände

übereinander auf den Tisch, und dann legte er seine wie eine warme Decke obendrauf. „Du bist ja schon groß."

„Ich bin so groß, daß ich nicht einmal mit euch nach Kreta fahren werde", sagte ich und streckte meinen einen Zeigefinger aus dem Haufen von Händen hervor und winkte ihm ärgerlich mit der Fingerspitze zu.

„Doch!" sagte Papa und steckte den Finger wieder zurück.

„Nee!" sagte ich und streckte ihn wieder heraus und winkte noch ein bißchen ärgerlicher. „Ich werde zu Hause bleiben!" Und ich zog schnell meine Hände weg und nahm seine Handgelenke. Ich konnte ihn festhalten, weil er sich überhaupt nicht wehrte. Ich schaute ihm in die Augen und sah, daß Papa mir nichts abschlagen kann. Kann er einfach nicht. Ich kann bloß diese Situationen nicht absichtlich herbeiführen, und ich kann ihn nicht überlisten. Aber jetzt hatte er selbst dazu beigetragen und sich in eine Falle manövriert, und er mußte mir folgen.

„Ich bleibe hier, verstehst du. Weil ich die Ballettstunden brauche. Du hast ja gesehen, wie ich Schneewittchen getanzt habe. Obwohl das Mädchen, das die Königin getanzt hat, in die Ballettakademie aufgenommen worden ist, haben alle Leute am meisten bei mir geklatscht. Und da warst du ganz schön stolz. Und so kann man nur tanzen, wenn man immer und immer trainiert. Man kann im Leben alles mögliche machen, aber es muß eine Sache geben, die an allererster Stelle steht, sagt Vija Vanker. Und für mich ist das nun mal das Tanzen, das weißt du genau. Deswegen muß ich hier zu Hause bleiben. Sassan soll doch die Blumen gießen und nach den Hunden schauen, sie kann auch noch nach mir sehen. Ja, Papa?"

„Aber Mama…"

„Wenn du es ihr zusammen mit Johan erklärst, dann wird es schon gehen. Johan kann ja so toll mit ihr umgehen, nicht?"

„Ich will es versuchen, mein Herz. Du willst also nach den Sternen greifen? Der Weg dahin ist weiter als du denkst."

Ich liebe Papa. Aber irgendwie ist hier zu Hause so ein Durcheinander, und so treffen wir uns nur ganz selten. Immer geht es um andere Sachen. So, als ob etwas Wichtiges, vielleicht das Allerwichtigste versteckt werden müßte. Auf die Liebe muß man immer nur warten und warten. Manchmal muß man so lange warten, daß man die Liebe schon fast vergißt. Das ist dann schlimmer als Blutmangel.

Åsa, dieser Glückspilz, die hat es gut. Sie sitzt mitten im Herzen ihrer Mutter und läßt es sich gutgehen. ,Mama komm her und kämme mich und bade mich und küß mich…' Und Beata findet alles toll, was Åsa sich ausdenkt, und alles, was sie erzählt, ist wahnsinnig interessant. Wenn Beata nur mit Åsa reden und schmusen kann, dann ist sie glücklich. Åsa braucht kein Tanzen. Ihr genügt es, daß sie jeden Tag einen Nachtisch für ihre Mama machen darf – das Ergebnis läßt nie auf sich warten: Liebe und Freude und Schmatz.

Manchmal finde ich, daß Åsa ein bißchen verwöhnt ist, weil sie überhaupt nie kämpfen muß. Obwohl sie eigentlich ganz normal und lieb und brav aussieht, wenn man sie so oberflächlich anschaut, wird sie sofort und von allen geliebt. Sogar von Loulou. Sogar von Arne, der der bestaussehende Junge in der Klasse ist. Und von mir natürlich.

Sie steht mir am allernächsten. Die hier zu Hause sind oft so weit weg. Aber sie geht immer direkt auf mich zu, wie ein Hund. Sie will immer neben mir sitzen, und sie gibt mir als einzige ihre Stimme bei der Luciawahl. Da werde ich dann ganz glücklich, weil ich weiß, daß ich eine Freundin habe. Sie nimmt mich ernst. Die Jungens mögen alle Åsa. Mich nicht. Man sieht mir wahrscheinlich an, daß ich das mit der Liebe nicht gewöhnt bin, und das stinkt mir. Ich kann es nicht ausstehen, wenn jemand in der Klasse versucht, mich in diese lächerlichen Spielchen zu ziehen, die sie alle machen. Früher habe ich so getan, als ob ich mitmachen würde und mich für Per entschieden, aber das war bald wieder vorbei.

Das sind nicht meine Spiele. Ich habe bloß versucht, Åsa nachzumachen, die verwöhnte Åsa, der alles so leicht fällt. Ich frage mich manchmal, ob Åsa wohl findet, daß ich verwöhnt bin? Nein, das kann nicht sein. Obwohl, das mit der Kretareise, das darf ich ihr nicht erzählen.

Mama kam und setzte sich auf mein Bett, als ich schon kurz vor dem Einschlafen war.
„Meine liebe kleine Milla. Darf ich dich was fragen?"
„Was denn?"
„Hast du kein Vertrauen zu mir?"
„Was?"
„Kannst du dich nicht auf mich verlassen?"
„Warum fragst du das?"
„Mußt du immer zu Papa gehen, wenn dir etwas sehr wichtig ist? Ich bin doch deine Mama, Camilla. Kannst du nicht mit mir reden?"
Ich wünschte mir, daß mein Herz stillstehen würde. Sie durfte nicht hören, wie wild es schlug.
„Doch", sagte ich schnell und leise, ich bekam solche Angst. Sie kam ganz nah an das heran, was ich das Durcheinander nenne. Ich versteh das nicht! Oder noch schlimmer! Versuchte sie, das Durcheinander zu umgehen und mich direkt anzugehen? Ich bekam Angst, und deshalb streckte ich meine Hand aus und legte

sie auf ihr Knie. ‚Liebe Mama, verlang bitte nichts von mir, was ich dir nicht geben kann. Ich will dich nicht schon wieder traurig machen.' Genau das wollte ich nicht sagen. Deshalb sagte ich eine ganze Weile nichts.

„Darf ich hierbleiben?" fragte ich dann stattdessen.

„Ist es dir so wichtig, uns eine Woche los zu sein?"

Und vielleicht war das sogar wahr. Vielleicht war das mit den Ballettstunden nicht das Allerwichtigste. Vielleicht war es der Gedanke, dem Durcheinander ausweglos ausgeliefert zu sein, vielleicht war es diese Vorstellung, daß ich unbedingt dableiben wollte. Hatte sie recht? Das, was ich zu wollen glaubte, wurde weniger wirklich, weil es für sie so bedeutungslos war. Ich halte Mama ohne Åsa nicht aus, ohne die Schule, ohne Vija Vanker, ohne Moses und Beelzebub halte ich sie nicht aus. Sie radiert mich aus. Ich muß mir irgendwo Kraft holen, damit ich ihr etwas zu geben habe.

„Aber Mama!"

Ich wußte, daß sie sich danach sehnte, das Gegenteil zu hören, aber ich konnte nicht, ich fühlte mich wie gelähmt.

„Na ja, dann ist es wohl am besten, daß du hierbleibst, wenn du dir das in den Kopf gesetzt hast. Vielleicht hat es auch sein Gutes. Für dich."

„Und für dich? Mal ohne mich zu sein?" fragte ich ängstlich.

Sie lächelte überrascht.

„Jetzt wollen wir es gut sein lassen und das Ganze nicht zu einer Affäre machen", sagte sie und streichelte meinen Fuß, ehe sie ging.

Ich war unglaublich erleichtert. Sobald sie aus dem Zimmer war, spürte ich, wie die Einsamkeit sich ausbreitete wie klare und saubere Luft, die leicht einzuatmen war. Fahrt! Werft eure Sachen in die Koffer, auf der Stelle! Kreuz und quer! Wenn ihr nur abhaut! Laßt mich in Ruhe! Sofort! Alle drei! Und Henrik auch. Vergeßt bloß den nicht! Macht, daß ihr fortkommt mit all euren Sachen, damit hier endlich Ruhe ist! Papa auch! Er kann mir doch nicht richtig helfen. Nicht wirklich. Papa und Johan. Die machen bloß Spaß, alle beide. Die machen Spaß, weil sie müssen, wegen Mama. Sonst schafft sie es nicht. Sie müssen lachen können. Sicher! Haut ab und lacht! Damit es hier endlich mal ernst wird. Und ich schlief sofort ein.

4. Kapitel

Der grüne Koffer

An dem Tag, an dem sie abreisen wollten, saß ich auf der Treppe, die nach oben geht. Das ist ein hervorragender Platz. Man sieht die ganze Diele mit der Eingangstür, ein Stück vom Wohnzimmer und bis ins Eßzimmer. Als ich klein war, saß ich immer auf der untersten Stufe. Aber jetzt sitze ich auf der zweituntersten Stufe, weil ich so groß geworden bin.

Mama ist klar und bestimmt. Sie weiß, wie man packt. Papa ist unpraktischer, obwohl er so viel reist. Mama hilft ihm, aber es macht sie nervös, daß er es nicht alleine kann. Es ist doch ganz einfach, meint sie. Sie hilft ihm deswegen nicht ganz, sondern läßt ihn hin- und herrennen und rufen:

„Mein braunes Necessaire, ist das schon eingepackt? Und ‚Morgensterne‘ und ‚Engel des Lichts‘, wo sind die? Die müssen in meine Aktentasche, damit ich leicht drankomme."

„Die sind auch in deiner Aktentasche, aber ist das nicht zu schwer, so viele Bücher im Handgepäck? Ist das wirklich nötig?"

„Nein! Doch. Vielleicht. Laß die Aktentasche

in Ruhe! Laß die Bücher drin! Vielleicht darf
ich selbst entscheiden, was und wie ich pak-
ke!"

„Sicher, mein Lieber. Nichts wäre mir lieber,
als wenn du dich selber für deine Packerei
verantwortlich fühlen würdest. Wo ist der
Morgenrock?"

„Im Badezimmer. Soll ich den mitnehmen?"

„Was weiß ich."

„Bi! Das fängt nicht gut an! Du weißt ganz genau, daß ich ihn brauche. Du sagst das nur,
weil du mich durcheinanderbringen willst."

„Das würde mir doch nie gelingen?"

„Nein!" sagte Papa gepreßt und stolperte an
mir vorbei die Treppe hoch, das Badezimmer
ist nämlich oben. Ich zupfte ihn am Hosen-
bein.

„Ich hol ihn, Papa."

Als ich mit dem Morgenrock herunterkam,
hatte Papa eine von seinen Reisetaschen aufgemacht und eine Menge Sachen herausge-
zerrt und auf dem Boden verstreut, damit er
seinen geliebten alten Morgenrock unter-
brachte. Mama half ihm jetzt. Sie kniete neben ihm auf dem Boden und sortierte und fal-
tete zusammen, sie kann nicht viel Unord-
nung vertragen. Das ist ‚unästhetisch', sagt sie
dann und meint häßlich.

Sie legte alles ordentlich zusammen, drückte
und sortierte, daß Papa schließlich Platz für
den Morgenrock und alles andere hatte.

„Du siehst, ohne dich schaff ich's nicht", sagte
er.

Das hätte ich nie gesagt. Doch, vielleicht,
wenn Mama einmal zugeben würde, daß sie
uns braucht. Aber das macht sie nie. Und weil
sie das nicht zugeben kann, bekommt sie
Kopfweh von der vielen Verantwortung, die
sie übernehmen muß, für mich und für Papa.

Papa und Mama streiten sehr selten so wie
eben. Ich wußte, daß es nur war, weil sie ohne
mich wegfahren würden. Sonst ist Mama immer so mit mir beschäftigt, daß sie gar nicht
dazu kommt, Papa zu ärgern. Aber ich hielt
fein meinen Mund und sagte nicht:

„Seht ihr, ohne mich geht es nicht!"

Schließlich standen sie fertig nebeneinander.
Mäntel an und alles fertig. Sie sahen wie ein
richtig feines Paar aus, und ich war stolz auf
sie. Das letzte Mal hatte ich Mama beim Lu-
ciafest in unserer Schule mit diesem grünen
Koffer gesehen, als alle Eltern sich verkleidet
hatten. Sie sahen alle total bescheuert aus, außer vielleicht Beata, sie war nämlich nicht
richtig verkleidet, sie hatte ein Nachthemd an
und sah müde aus. Deswegen konnte Åsa mir
auch zuflüstern: „Sehen sie nicht lieb aus?"
Außer ihr fand das sonst niemand.

Mama hatte sich als Pippi Langstrumpf verkleidet und sie trug genau diesen grünen Koffer überall mit sich herum. Sie tat so, als ob er

voll mit Geld wäre. Was habe ich mich geschämt! Wir sind ja in Wirklichkeit tatsächlich reicher als alle anderen, und ich muß immer aufpassen, daß man das nicht merkt. Aber manchmal merkt man es eben doch. Wie mit dem Fahrrad zum Beispiel. Meine alte Schwalbe habe ich von einer Freundin von Johan geerbt. Damit fahre ich nicht gerne, weil ich aufgezogen werde, als einzige so einen alten Esel zu haben, wo ich doch mit Leichtigkeit ein neues bekommen könnte.

Da standen sie also und waren fein. Sie sahen lieb aus und schauten mich an. Und in dem Moment, als sie schon halb weg waren, sah ich plötzlich ganz deutlich, daß die beiden eine Menge lustige, interessante und spannende Sachen in sich haben, Sachen, die nicht für mich gedacht sind. Die sie untereinander und mit anderen Erwachsenen teilen, aber mich halten sie da raus. So, als ob sie einen kleinen grünen Koffer hätten, den sie nicht aufmachen. Da sind keine Goldstücke drin, sondern Erinnerungen, Gedanken und Gefühle und alles mögliche, was ich nicht kenne und was mich nichts angeht. Ich schluckte und dachte: „Fahrt jetzt endlich los mit euren ganzen Sachen und vergeßt bloß nichts!"

„Paß auf dich auf, Camilla. Hoffentlich klappt alles!"

„Gute Reise!"

Papa umarmte mich und wollte mich ein bißchen hochheben. Mama berührte mich am Arm und küßte mich auf die Backe, so leicht und hauchend, wie nur sie das kann. Ihre Berührungen sind so selten, aber so herrlich, und ich bin ganz sicher, wenn ich mehr bekäme, würde ich ganz aufweichen und jeden Halt verlieren. Ich verstehe gar nicht, wie Åsa es aushält, ständig von ihrer Mutter getätschelt und bepusselt zu werden. Und Åsa hat erzählt, daß Loulous Mutter ihre Kinder sogar manchmal ganz plötzlich in die Backe beißt. An meine kommt man irgendwie sehr schwer heran, aber sie ist auf jeden Fall am wundervollsten.

Papa trug zwei große Koffer, Mama hatte nur seine Aktentasche und den kleinen grünen Koffer, obwohl sie größer ist als er. Aber sie hat so wahnsinnig hohe Absätze, und da kann man keine schweren Sachen tragen.

Ich machte ihnen die Haustür auf und schaute zu, wie sie ins Auto einstiegen. Dann winkten wir noch, und ich ging ins Haus. Ich sank auf der drittuntersten Treppenstufe hin und machte erst mal eine ganze Weile gar nichts. Dann ließ ich die Hunde aus der Bibliothek. Sie waren da eingesperrt gewesen, damit sie nicht abhauen konnten, solange die Haustür offen stand. Ich setzte mich auf den Boden, weil sie auf den Treppenstufen keinen Platz haben. Ich legte den rechten Arm um Moses und den linken um Beelzebub und sagte –

nicht zu den Hunden, sondern direkt in die Zukunft: „Jetzt fängt eine neue Zeit an."
Plötzlich klingelte das Telefon.
„Hallo, ich bin's, Åsa. So ein Glück, daß du noch nicht weg bist. Ich ruf an, um tschüs zu sagen."
„Woher weißt du, daß ich wegfahre?"
„Göran hat in der Schule erzählt, daß er dir freigegeben hat, weil du eine ganze Woche wegfährst. Wo fährst du hin? Warum hast du mir nichts erzählt? Ist es irgendwie ein Geheimnis? Aber du brauchst nichts zu sagen, wenn du nicht willst. Ich bin natürlich wahnsinnig neugierig, und hoffentlich ist es spannend. Ich erzähle es niemandem in der Klasse, wenn du nicht willst.
„Nein, das will ich nicht."
„Warum nicht?"
„Weil ich das letzte Mal, als wir in den Alpen waren, so aufgezogen worden bin."
„Wo fährst du denn dieses Mal hin?"
„Nach Griechenland."
„Camilla, liebe, kauf irgendeine griechische Süßigkeit für mich, nur was Kleines, damit ich auch ein bißchen Ausland versuchen kann. Weißt du was? Ich habe nämlich auch ein geheimes Land. Kalifornien, wo mein Papa wohnt, weißt du?"
„Das weiß ich doch."
„Aber du weißt noch nicht, daß er mich eingeladen hat, im Sommer zu kommen."

„Wie schön für dich."

„Du klingst überhaupt nicht, als ob du dich freuen würdest. Was ist denn los?"

„Wir fahren. Ich habs ein bißchen eilig. Es war unheimlich lieb von dir, daß du angerufen hast. Tschüs!"

„Tschüs, Camilla! Ich bin sicher, daß es ganz toll wird. Und schön und spannend. Du kannst einem natürlich auch leid tun, daß du die Schule versäumst, wir fangen doch jetzt mit dem Kabarett an."

„Tschüs, Åsa, du bist meine beste Freundin, egal, wo ich bin."

Ich legte auf und dachte: Genau! Da hat sie was gesagt. Daß ich die Schule versäume. Daran hatte ich noch gar nicht gedacht. Tja, da bleibe ich eben zu Hause. Ich werde auf keinen Fall hingehen und versuchen, Göran alles mögliche zu erklären, er kapiert ja doch nichts. Ich gehe nicht in die Schule, das ist schon mal sicher!

Das war das erste Mal, daß ich Åsa angelogen habe, und es war ein sehr unangenehmes Gefühl, daß die Lügen so glatt und leicht waren und wie von selbst herausrutschten. Und daß sie mir geglaubt hat. Sie hat mich auch dieses Mal ernst genommen. Ich schämte mich.

Dann fiel mir Sassan ein. Sie hatte von Mama den Schlüssel bekommen und Geld, damit sie was zu essen für mich einkaufen kann. Wenn ich jetzt nicht in die Schule gehen kann und

Sassan während der Schulzeit herkommt, was dann? Sie würde vielleicht glauben, daß ich schwänze.

Glauben? Ich wollte ja wirklich schwänzen. Genau das hat mein schreckliches Gehirn sich für mich ausgedacht. Ja, wirklich. Genau so wird es. Richtig toll. Ich werde eine ganze Woche lang niemandem gehorchen, außer Vija Vanker. Zum Glück ist in meiner Tanzgruppe niemand aus meiner Schule. Da kann ich jedenfalls hin, wenn ich will.

5. Kapitel

Klares Wasser und Zeit

Ich zog mich an und holte die Hundeleinen.
Sie kamen angerast und drängelten an der
Tür.
„Jetzt gehn wir zu Sassan!"
Sassan war meine Tagesmutter, als ich klein
war. Jetzt nimmt sie keine Tageskinder mehr,
sie fand sich schon zu alt, als sie mich hatte.
Aber mich hatte sie auf jeden Fall noch. Sie
fand mich so süß, daß sie mich behielt, bis ich
in die Mittelschule kam und allein zurecht-
kam.
Dann ist sie in eine kleinere Wohnung in den
Hochhäusern in der Nähe von unserer Schule
umgezogen. Ich kann sie also immer noch ab
und zu besuchen, auch wenn ich nicht mehr
ihr Tageskind bin. Manchmal, wenn es in der
Mensa Leber oder Fisch gibt, geh ich in der
Mittagspause zu Sassan. Ich bekomme dann
Kuchen und Saft.
Aber jetzt fand ich es gar nicht praktisch, daß
sie da wohnt. Ich mußte schließlich hinkom-
men, ohne daß mich jemand aus meiner Klasse sieht. Und das ist gar nicht so einfach,

wenn ich mit meinen beiden großen, schwarzen Hunden unterwegs bin, die jeder kennt. Warum nehme ich sie überhaupt mit?

Es half nichts. Ich beschloß ganz einfach, schnell zu gehen, und ich hoffte, daß ich Glück haben würde. Manchmal glaube ich, daß ich einen Schutzengel habe, der auf mich aufpaßt. Im Moment allerdings war ich nicht so sicher, ob ich mich auf ihn verlassen konnte. Wie konnte er auch auf meiner Seite sein und mich gegen die vielen neugierigen Augen schützen, wenn ich so merkwürdige Sachen vorhatte. Aber manchmal ist es auch so, daß er mich gerade dann schützt, wenn ich Sachen mache, die alle anderen nicht gut finden.

Ich habe niemanden gesehen, der mich gesehen haben könnte. Aber in diesen Häusern, die so unendlich viele Fenster haben, steht immer mindestens hinter zehn Fenstern jemand, der aufpaßt. Nur zu! Glotzt nur alle aus hunderten von Fenstern und wundert euch, daß Camilla da mit den Hunden die Straße entlanggeht, wo sie doch eigentlich im Mercedes ihrer Eltern sitzt und unterwegs in ein fernes, fremdes Land ist! Tja, da habt ihr 'ne Weile was zum Nachdenken.

Ich traf Danja. Sie kam direkt auf mich zu, aber dann ging sie auf die andere Straßenseite, sie hat Angst vor den Hunden. Ich ging ihr hinterher.

„Du hast mich eben überhaupt nicht gesehen", sagte ich sehr deutlich und hielt die Hunde kurz, damit sie keine Angst zu haben brauchte.

„Ich habe dich eben hier überhaupt nicht gesehen, und ich werde auch niemandem erzählen, daß ich dich nicht gesehen habe", sagte sie tonlos, als ob sie ein Gebet herunterrasseln würde.

Aber ihre schwarzen Augen glänzten so froh. Manchmal glaube ich fast, daß sie mich mag, obwohl ich überhaupt nicht weiß, warum. Sie ist zu den anderen oft eklig und gemein, zu mir nie.

Ich hatte auf jeden Fall Glück, daß ich nicht Ria oder Berit getroffen habe. Da wäre die ganze Schule am nächsten Morgen binnen kürzester Zeit über mein Doppelleben informiert gewesen.

„Grüß dich, sind sie weg?" sagte Sassan.
Sie umarmt mich nie, im Gegenteil, sie macht immer einen Schritt zurück, wenn wir uns sehen, weil sie aus der Nähe nicht so gut sieht. Und dann bleibt sie ganz still stehen und schaut mich an. Wir machen das immer so, weil sie sich jedes Mal wieder dran gewöhnen muß, daß ich ein Stückchen gewachsen bin. Und ich muß mich auch an sie gewöhnen. Sie hinkt immer noch ein bißchen, sie hat sich vor einem halben Jahr den Oberschenkel gebrochen; und sie ist kleiner geworden. Deshalb

muß ich eine ganze Weile schauen, bis ich das richtige Sassan-Lächeln finde, das ganz tief verborgen ist, das aber dann doch immer noch hervorkommt.

Als zwischen uns alles geklärt war, begrüßte sie die Hunde.

„Moses, hallo! So ein guter, großer Hund! Und der kleine Beelzebub! Du bist ja bald so groß wie Moses. Ist ja nicht zu glauben, was der gewachsen ist. Vor nicht allzu langer Zeit war er noch so klein. Da hätte niemand gedacht, daß aus dir noch was werden würde. Ja, ja, nur ruhig, so groß wie Moses wirst du doch nie. Gell Moses, wir kennen uns aus, wir Alten. Ja, so ist es. Guter Hund."

Wenn die Hunde in einer fremden Wohnung sind, wollen sie immer erst mal rumlaufen, in alle Ecken gucken und an allem schnuppern, damit sie genau wissen, wo sie sind. Sie brauchen ihre Zeit, damit sie auf Hundeart eine Wohnung kennenlernen können, und Hundeart ist eben, eher herumlaufen und hochspringen und schnuppern und weniger sich durch Schauen einen Überblick verschaffen.

Aber ich, ich schaute und holte tief Luft und seufzte, hoffte, daß die Hunde bald fertig wären und ich „Platz!" sagen konnte und meine Ruhe haben würde. Nach einer Weile kamen sie auch und meldeten „Fertig!". Und ich zeigte in den Flur und sagte „Platz!" und ging ins Wohnzimmer.

Sassan hat nur zwei Zimmer und eine kleine Küche. Sie wohnt allein, ihr Mann ist Alkoholiker, sie können nicht mehr zusammenwohnen.

Was ich so unglaublich genieße, wenn ich bei Sassan bin, das ist die Einsamkeit und die Ruhe. Wenn ich da bin, ist Sassan nicht einsam, aber man spürt in den Zimmern trotzdem, daß hier Einsamkeit herrscht, auch wenn ich zufällig mal auf einen kurzen Besuch komme. Und diese Art von Einsamkeit ist nicht voller Sehnsucht und auch nicht leer. Sie ist unglaublich erholsam, ich würde am liebsten gar nichts sagen.

„Es gefällt dir hier, nicht wahr?" sagte Sassan.

„Es ist so sauber."

„Ja, wenn man so viel Zeit hat."

„Aber es riecht irgendwie nicht nach Sauberkeit. Es riecht eigentlich nach nichts. Nur ganz leicht."

„Man soll auch keine Putzmittel nehmen. Das machen bloß Leute, die keine Zeit haben. Wenn man keine Zeit hat, dann muß man Flecke und Schmutz mit allen möglichen Mitteln wegscheuern. Die Mittel stinken, und dann muß man hinterher wieder polieren und lüften. Ich nehme mir nur Zeit und klares Wasser. Ich wische jeden Tag über alles drüber. Da können die Flecke sich gar nicht erst festsetzen – es werden nie richtige Flecke, und es wird auch nicht schmutzig. Und so, wie ich meine Wohnung sauberhalte, so mache ich es auch mit den Ecken und Winkeln in mir drin."

Ich hatte jetzt das Gefühl, daß Sassan an mir vorbeiredete. Ich drehte mich um, damit ich sehen konnte, was sie hinter mir anschaute. Da war der kleine runde Tisch an der Wand mit den geschwungenen Beinen. Auf dem Tisch steht eine Uhr, die so aussieht, als ob sie aus purem Gold wäre.

„Welche Ecken, Sassan?" sagte ich, weil ich sie wecken wollte.

„Die Ecken in einem drin, verstehst du? Der ganze Staub und Dreck, der sich in jedem Menschen ansammelt, wenn man keine Zeit hat, jeden Tag aufzuräumen."

„Aber es haben doch nicht alle Leute so viel Zeit wie du."

„Alle Leute haben verschieden viel Zeit. Mein Alter hat nicht jeden Tag Zeit. Deswegen hat er so schlimme Flecke. Und er muß es dann mit Mitteln versuchen. Sein Mittel ist der Schnaps. Er muß immer mehr in sich hineinschütten. Manchmal klappt es, aber meistens klappt es nicht. Deswegen soll man keine Mittel nehmen. Das ist nicht gut. Zeit und klares Wasser. Man braucht bloß Zeit und klares Wasser."

Ich hatte das Gefühl, daß Sassan redete, als ob sie immer noch allein wäre, als ob sie nur träumen würde, daß ich da bin. Ich verstand sehr gut, was sie sagte, aber da war etwas in ihrer Stimme, was mich ein bißchen beunruhigte. Sie schaute mich an.

Ich mußte mich noch einmal umdrehen, damit ich sehen konnte, was sie anstarrte. Jetzt war es das Foto, das an der Wand über der Uhr hängt. Auf dem Foto steht Sassan mit all ihren Geschwistern und ihren Eltern vor dem kleinen Haus, in dem sie lebten, als sie klein war. Ich konnte es zwar von meinem Stuhl aus nicht so genau sehen, aber ich wußte es, weil sie es mir schon so oft gezeigt und mir dabei erzählt hat, wie alle Geschwister hießen.

„Aber Sassan, wie kannst du denn sagen, daß es klappt?"

„Klappt?"

„Du hast gesagt, daß es manchmal klappt, wenn dein Mann Schnaps in seine Ecken und Winkel schüttet. Bei ihm drinnen?"

„Doch. Sicher. Bei meinem Alten klappt es manchmal. Die schlimmen Sorgen, die er noch aus seiner Kindheit hat, die werden für einen Moment weggewischt. Dann fühlt er sich leicht und glücklich. Aber der Schnaps, der ist so scharf, daß es einen neuen Fleck gibt, einen Schnapsfleck, da, wo der alte Schmutz war. Und schmutzig wird es um ihn herum auch. So schmutzig, daß es stinkt."

Sie lachte, als ob sie es lustig fände, daß der Schmutz stinkt, nicht bloß die Mittel.

„Manchmal fahre ich zu ihm und mache sauber. Aber da muß ich dann Wurzelbürsten und Stahlwolle und Ajax und alles mögliche mitnehmen. Sowas kaufe ich nur für ihn. Das nehme ich hier nie. Wenn ich fertig bin bei meinem Alten, da riecht es dann so scharf, daß wir Kaffee kochen und alle Fenster aufmachen müssen, damit man es aushält. Diese Art von Sauberkeit ist aufdringlich, verstehst du. Trinkst du immer noch keinen Kaffee?"

„Nein, das weißt du doch."

„Ich frag halt trotzdem, so ein Täßchen Kaffee schmeckt viel besser in Gesellschaft. Willst du Himbeersaft oder Zitronenlimonade?"

„Bitte erst ein großes Glas Zitronenlimonade und dann ein bißchen Himbeersaft. Wenn es nicht zu viel Arbeit macht."

„Schön, daß du allmählich weißt, was du willst. Als du klein warst, warst du ein furchtbar schwieriges Kind."

„Das ist nicht wahr. Sonst sagst du immer, daß ich süß und lieb und leicht zu haben war. Die liebste von allen."

„Schon, aber du warst deshalb schwierig, weil du nie sagen konntest, was du willst, und es meistens selbst nicht gewußt hast. Du hast es erst gewußt, wenn du es im Mund hattest. Da konntest du es dann nicht schlucken. Es war, als ob nur dein Mund wußte, daß du einen ganz bestimmten Geschmack hast. Und dann hast du gespuckt."

Wir setzten uns in die Küche. Auf dem Tisch stand Kaffee, Zitronenlimonade, Himbeersaft und Kekse. Bei Sassan gibt es keine Plastiktischdecke wie bei Åsa zu Hause und auch keine Sets unter jedem Teller wie bei uns. Sie hat eine richtige Stofftischdecke, die ganz fein mit weißem Faden bestickt ist.

„Deine Mutter hat mich gebeten, daß ich bei euch wohnen soll, solange sie weg sind. Aber ich möchte das nicht, Camilla. Ich bin so alt, ich muß in meinem eigenen Bett einschlafen und aufwachen. Und du hast doch keine Angst im Dunkeln, oder? Und bessere Babysitter als Moses und Beelzebub gibt es wohl kaum."

„Sassan, ich möchte so furchtbar gerne allein sein."

„Soll ich dann gar nicht kommen?"

„Nein."

„Schau mich nicht so verzweifelt an. Ich habe gesagt, daß ich froh bin, daß du allmählich weißt, was du willst. Ich finde das gut. Ich war schon ganz beunruhigt und habe darauf gewartet. Du willst schlicht und einfach nicht, daß ich mich da blicken lasse. Du willst ganz und gar deine Ruhe haben. Stimmt's?"

„Ja, genau."

„Eine ganze Woche, schaffst du das?"

„Ich denke schon."

„Ich rufe ab und zu an, und da mußt du dann auch drangehen, denn ich höre an deiner

Stimme, ob es dir gut geht oder nicht. Wenn du nicht ans Telefon gehst, komme ich wie der Blitz. Und was ist mit dem Essen? Willst du zum Essen herkommen?"

„Schon, aber nicht diese Woche. Diese Woche will ich meine Ruhe haben."

„Dann gebe ich dir das Geld, das mir Birgitta für dein Essen gegeben hat."

Sassan ist der einzige Mensch, den ich kenne, der Mama Birgitta und nicht Bi nennt. Das klingt ganz komisch. Mama kann den Namen Birgitta nicht ausstehen. Er ist ihr einerseits zu prachtvoll und andererseits zu gewöhnlich. Bi ist toll und ungewöhnlich und paßt genau zu ihr. Sassan findet vielleicht das Ungewöhnliche affig oder dumm! Ich bekam eine dicke Brieftasche, machte sie auf und schaute rein, jede Menge Hunderter drin.

„Das ist nicht nur für's Essen. Das ist auch Geld für diejenige, die die Blumen gießt und mit den Hunden rausgeht. Und das bist ja wohl du. Guck nicht so erschrocken. Du kannst sicher ein bißchen Geld gebrauchen. Erschrocken können wir beide immer noch sein, wenn deine Eltern zurückkommen – falls nicht alles geklappt hat. Aber es wird schon klappen. Was du willst, das kannst du auch."

6. Kapitel

Das blaue Federmäppchen

Als ich nach Hause kam, fütterte ich zuerst die Hunde. Für mich machte ich eine Dose Suppe warm und dann noch zwei mit Käse überbackene Toasts. Als ich alles aufgegessen hatte und mir den kleinen Teller mit den Brotkrümeln und den Suppenteller mit dem sauber abgeleckten Löffel anschaute, fand ich, daß das alles doch sehr ordentlich, appetitlich und nett auf dem Tisch stand. Ich blieb ganz still und mein Körper schlug immer wieder wie eine Uhr: Ich! Ich! Ich! Ich fand, daß es diesmal gut klang und überhaupt nicht arrogant. Ich spülte mein Geschirr nur mit klarem Wasser ab, ich wollte Sassans Methode ausprobieren, aber ich fürchte, ich werde sie mir nicht angewöhnen. Sie ist doch sehr eigen. Sie paßt zu einem alten Menschen, der sie selbst herausgefunden hat.

Moses und Beelzebub gingen mit mir durchs ganze Haus. Ich wollte mit eigenen Augen sehen, daß es überall leer war. Es war leer und aufgeräumt. Nur auf Mamas Bett nicht. Da lag ihre türkisfarbene Abendtasche mit chinesischer Stickerei. Ich setzte mich auf ihr Bett und nahm die Tasche auf den Schoß. Ich streichelte sie ein wenig, das mache ich immer, wenn sie die Tasche zum Ausgehen mitnimmt. Sie mag das nicht, weil sie Angst hat, daß ich sie schmutzig mache. Sie ist nämlich sehr kostbar und empfindlich. Aber ich streichelte sie vorsichtig und dachte: „Mama, meine liebe Mama." Aber das hatte auch keinen Sinn, ich spürte nichts Besonderes.

Dann ging ich durchs ganze Haus und schaute mich in drei verschiedenen Spiegeln an, und ich sah in jedem anders aus. Ich holte mir ein kleines Kartenspiel und legte Patience so lange, wie es mir Spaß machte. Dann ging ich in das Badezimmer von Mama und Papa und badete mit einer von Mamas teuersten Duschcremes. Papa, der Arme, hatte seine Zahnbürste vergessen, ich ließ sie in meinem Badewasser schwimmen. Sie schwamm nicht richtig, ich mußte sie immer wieder anschubsen. Als ich aus der Badewanne stieg, hatte ich das Gefühl, daß ich in mein Zimmer gehen mußte.

Ich blieb in der Tür stehen und wußte, daß ich da nicht hinwollte. Glücklicherweise schlichen sich Moses und Beelzebub hinein und Beelzebub sprang auf mein Bett. Ich mußte ihn runterscheuchen. Er schnappte sich mein Nachthemd, das auf der Überdecke lag, und Moses und er zerrten von zwei Seiten daran.

Ich mußte sie ganz schön knuffen und boxen, ehe sie es losließen. Ich setzte mich auf mein Bett, und sie kamen alle beide sofort hinterher. Obwohl mein Bett recht groß ist, wird es doch ziemlich eng und warm, wenn sie auch noch drin sind. Ich mag das.

Ich las ein altes Mary-Poppins-Buch, Moses schnarchte und Beelzebub knurrte ab und zu im Schlaf. Ich möchte gerne mal wissen, ob das stimmt, was da steht, daß kleine Kinder manche Sachen ganz genau wissen und verstehen, und daß sie das dann vergessen und sich nie mehr daran erinnern.

Mama erzählt mir nie etwas über mich, als ich klein war. Sassan erzählt viel. Ich habe das Gefühl, daß ich Sassans Baby Camilla kenne, Mamas aber nicht. Ich habe das Gefühl, daß Mama ein Bild von mir in sich trägt, und daß ich das herausholen muß, weil es mir gehört und weil ich es brauche.

Kurz bevor ich einschlafe, kommen immer Bilder, wenn ich die Augen zumache. Jetzt konnte ich sehen, wie ich versuchte, mich in Mama hineinzudrängen und ich wollte das…
Sie war wie ein ganz hohes, schmales Zimmer. Es war dunkel, und viel zu viele große Möbel belasteten meine Mama. Ich hatte das Gefühl, daß ich da drinnen steckenbleiben würde. Aber da sah ich in Augenhöhe ein rosa Stoffstück mit weißen Punkten. Dieser Stoff kommt immer wieder, und ich habe je-

66

des Mal wieder Angst. Mein Kinderbett war damit ausgeschlagen.

Ich schlief noch nicht, und ich träumte auch nicht, ich war gerade am Einschlafen und öffnete deswegen mit großer Anstrengung die Augen wieder. Ich machte das Licht an und schaute in die freundlichen Augen von Moses. Die kleinen Kinder wissen nicht bloß wundervolle Sachen, das ist mir immer dann klar, wenn der rosa Stoff auftaucht. Kein Erwachsener kann mir das erklären, Sassan nicht und Mama auch nicht. In dieser Erinnerung gibt es nur mich. Und dann gibt es etwas, was nur die weißen Punkte wissen.

Ich wußte, daß ich viele Nächte hintereinander allein in diesem Haus schlafen würde, ich wollte es ja so. Ich mußte mir einen Trick ausdenken, wie ich verhindern konnte, daß mich die weißen Punkte jeden Abend erschrecken und ängstigen. Zuerst dachte ich mir eine wahnsinnig komplizierte Minigolfbahn aus. Aber davon wurde ich fast zu wach. Dann dachte ich an alle möglichen Zimmer. Nicht an so kleine, zugestellte wie eben, sondern an richtige Zimmer. Ich dachte daran, wie die Leute sich verschieden einrichten.

Ich sah Loulous Zimmer in allen Einzelheiten vor mir. Ich sah den Videorecorder, der mit dem Bettüberwurf zugedeckt war, und auf dem Bücherregal die kleine Ballerinapuppe, auf die Loulou so stolz ist. Marianne hat ihr

heimlich genau so ein Kleid genäht, wie Loulou einmal gezeichnet hat, nur um zu bewei-
sen, daß das, was man sich ausdenkt, Wirklichkeit werden kann.

Dann dachte ich an Sassans Wohnung, und
da war ich schon eingeschlafen, ehe ich noch
mit der Küche fertig war.

Als ich am nächsten Morgen die Augen aufmachte, sah ich sofort, daß ich an einem fremden Ort war. Mein Zimmer war nicht mein
Zimmer. Ich hatte nichts selbst ausgesucht.
Das wäre nicht so schlimm, wenn es wenigstens so aussehen würde wie die Zimmer von
anderen Mädchen. Die meisten in meiner
Klasse haben Zimmer, die sehr ähnlich sind,
genau wie auch die Mädchen sich sehr ähnlich sind. Ich bin ja auch so ähnlich wie die
anderen, nur mein Zimmer ist einfach bescheuert. Dieses Zimmer hätte zu Mama ge-
paßt, wenn sie ein kleines Mädchen wäre.
Aber das ist sie ja nicht. Dieses Zimmer paßt
also eigentlich zu niemandem.

Zuerst mal das Bett. Das war kein Bett, sondern eine hellblaue Kiste mit Babygardinen.
Da paßt eigentlich nur eine große Zierpuppe
hinein. Ich habe so eine Puppe, Papa hat sie
mir aus der Tschechoslowakei mitgebracht,
aber ich darf sie nicht aufs Bett setzen. Das
sieht vulgär aus, versteht sich. Die Zierpuppe
durfte ich also selbst sein.

Dann hatte ich ein hellblaues Schreibtischchen und einen großen, ovalen Spiegel mit einer geschnitzten Rose. Man kann sich in voller Größe drin sehen. Das ist prima, wenn ich mein Trainingsprogramm mache. Und einen Toilettentisch mit mehreren kleinen Spiegeln. Und einen kleinen Korbstuhl mit geblümten Kissen. Und so weiter. Jede Menge Zeug.

Ich setzte mich auf die Decke und schaute jedes Ding mit neuen Augen an. Ich sah, daß nichts davon notwendig war, und daß nichts zu mir gehörte. Das Schlimmste war, daß ich sogar das umgekehrte Gefühl hatte: als ob die ganzen Sachen wichtiger wären als ich, als ob ich das unwichtigste wäre. Ich knuffte Moses und Beelzebub und sagte:

„Aber jetzt werden hier andere Saiten aufgezogen!"

Meistens verstehen sie ganz genau, was ich sage, nur wenn sie selber was im Kopf haben, dann nicht. Dann meinen sie bei allem, was ich sage, es heiße: Gassi gehen! Und da bestehen sie dann drauf. Sie rannten sofort die Treppe runter und kratzten an der Haustür.

Ich rannte mit ihnen bis zum Bach hinunter. Die Hunde finden es toll, wenn ich so mit ihnen herumtobe. Auf unseren Morgenspaziergängen sagen sie mir immer, was ich für eine Laune habe. Heute morgen sprangen sie um mich herum und bellten einander zu: „Heute ist Camilla völlig wild!"

Ehe ich's mich versehen hatte, waren wir wieder zu Hause, und ich stand in meinem Zimmer. Der verwirrende Duft und die Geschwindigkeit waren weg, und der ganze Spaziergang lief noch einmal vor meinem inneren Auge ab: klar und deutlich. Glänzend und strahlend. Alles wurde ganz deutlich, wie mit einem Fernglas gesehen. Was ich mit bloßen Augen nur noch erahnt hatte, das war nicht alles.

Ich wollte wieder sehen, richtig sehen. Ich machte das Fenster sperrangelweit auf. Das Orangenbäumchen auf dem Schreibtisch fiel herunter, und der Topf ging kaputt. Die Wurzeln sahen zwischen den Scherben und der Erde ganz nackt aus. Das konnte ich keine Minute länger auf meinem Fußboden haben. So kam es, daß ich mit dem Staubsauger in der Tür zu meinem Zimmer stand, als ich meinen großen Schubs bekam. Es war so, wie wenn man bei einem Fernglas die Schärfe einstellt und ganz plötzlich alles klar sehen kann, was vorher verschwommen war. Es bekam jetzt Konturen!

Mein Schubs sah so aus. Die Scherben und der Schmutz müssen raus. ALLES MUSS RAUS! Alle Ecken müssen ausgeräumt werden! Alles muß sauber werden – mit oder ohne Mittel! Das hieß, daß mein Zimmer ausgeräumt werden mußte. Nichts konnte drinbleiben. Ich fing sofort an. Ich trug und schob und drückte und schleppte alle Möbel, die ich bewegen konnte. Raus damit! Weg! Aber das Bett schaffte ich nicht. Ich bekam es zwar auf die Seite und wurde fast plattgedrückt, dann schob ich so fest ich konnte, aber es ging einfach nicht.

Ich versuchte, die Hunde davorzuspannen und ihnen einzureden, daß sie einen Schlitten zogen, aber da machten sie nicht mit. Das heißt, Beelzebub fand es ganz lustig, aber Moses legte sich nur hin, unbeweglich, er schaute mich verständnislos an und schien beleidigt zu sein. Das Bett blieb also quer im Zimmer stehen. Es sah aus wie der verrückte Rest eines blödsinnigen Projekts. Wessen Projekt war denn eigentlich blödsinnig? Mamas oder meins? Egal! Jetzt wollte ich aufräumen, damit ich endlich die Ruhe und den Frieden bekommen würde, nach dem ich mich sehnte, seit ich bei Sassan war. Aber vor dem Frieden kommt das Chaos, das ist ganz offensichtlich. Ich glaube, daß Sassan das auch kennt. Sie hat, weiß Gott, nicht immer so nobel gelebt wie jetzt.

Ich trug so viele Sachen, wie ich konnte, in die Diele – es war eine ganze Menge. Das dauerte fast den ganzen Tag. Dann schleppte ich, soviel ich konnte, in den Schuppen. Gerade als ich das Nachttischchen und die kleine Lampe hineingestellt hatte und wieder ins Haus wollte, sah ich auf der Straße eine wohlbekannte Gestalt, eine Gestalt mit blonden Haaren, die ein bißchen zurückgelehnt ging und in die Luft schaute wie immer. Sie interessiert sich nämlich sehr fürs Wetter. Plötzlich schaute sie her und schrie:

„Camilla! Was machst du denn? Was ist los? Wo bist du?"

Nein! Nicht sie. Nicht Åsa. Sie kann kein einziges Wort vor ihrer Mutter geheimhalten. Beata will alles erfahren, was Åsa weiß, und alles muß auseinandergenommen und hin und her gewendet werden, wenn sie in ihrer kleinen Küche sitzen und ihre endlosen Gespräche führen.

„Komm nicht her!"

Da kam sie natürlich sofort angerast. Aber plötzlich blieb sie stehen und rief: „Du bist ja total verrückt!"

Da merkte ich, daß sie recht hatte. Ich rannte die Vordertreppe hinunter und fiel ihr um den Hals.

„Åsa, Åsa, ich weiß nicht mehr, was ich tue. Hilf mir!"

Es war nicht das erste Mal, daß ich sie bitten mußte, die Dinge für mich zu begreifen. Das kann sie gut. Ich lachte an ihrem Hals, weil ich so froh war, daß sie da war und daß ich sie nicht mehr anzulügen brauchte.

„Komm, ich zeig dir was!"

Aber sie widmete ihre Aufmerksamkeit nicht den Möbeln, die überall in der Diele und auf der Treppe standen, sondern nur den Hunden. Dummerweise gehört sie zu den Menschen, die sie ganz besonders gerne mögen. Sie sprangen um sie herum und an ihr hoch und dann wieder andersherum im Kreis. Ich habe es furchtbar gern, wenn sie das mit mir machen. Ich habe dann das Gefühl, in einem schwarzen Strudel von Wärme und Zuneigung zu stehen. Aber Åsa wurde starr vor Angst. Sie stellte sich auf die Zehen und hielt die Arme über den Kopf, damit wenigstens die außer Reichweite waren. In der einen Hand hatte sie einen kleinen Gegenstand aus Stoff. Sie ließ ihn fallen. Zack, schnappte Beelzebub ihn und raste damit ins Wohnzimmer. Moses mit einem Knurren hinterher. Er zerrte an dem Stoffstück, aber es ging nicht mehr so leicht wie früher, da war er immer der Stärkere gewesen. Da fing Åsa an zu weinen.

Ich mischte mich endlich in den Streit ein und bekam den Fetzen zu fassen. Ich gab beiden Hunden einen Klaps auf die Schnauze, sie jaulten ein bißchen und schlichen rückwärts. Dann brachte ich sie in die Bibliothek und sperrte sie da ein.

„Da, Åsa!" Ich warf ihr den Stoffetzen zu, aber sie war so verheult und verwirrt, daß sie daneben griff und ihn nicht fing. Als er auf den Boden fiel, schrie sie auf.

Es tat mir furchtbar leid, daß ich nicht daran gedacht hatte, die Hunde einzusperren, ehe ich Åsa hereinließ. Das mache ich sonst immer. Ich weiß ja, daß sie solche Angst hat. Aber diesmal kam sie so unerwartet. Ich habe sie übrigens auch noch nie so mit den Hunden gesehen, es war das erste Mal, daß sie uns überrumpelt haben.

„Åsa, entschuldige! Was hast du denn da! Zeig!"

Aber sie drehte sich weg und war sauer. Ich legte den Arm um sie, aber sie machte sich los und versteckte ihren Gegenstand unterm Arm. Ich blies ihr die Haare von der Backe und fragte: „Ist es ein Geheimnis?«

„Sozusagen."

„Dann weiß ich, was es ist. Es ist etwas, was du von Arne bekommen hast."

„Woher weißt du das? Wer hat dir das erzählt? Wer hat geklatscht?"

Ich mußte über sie lachen, weil sie so wahnsinnig süß ist, wenn sie so gar nichts merkt.

„Du selber hast geklatscht. Du hast mir alles erzählt, was ich wissen muß, damit ich mir ausrechnen kann, von wem dieser Fetzen ist und warum er so kostbar ist."

„Das ist kein Fetzen. Das sagst du ja bloß, weil du keinen Freund hast. Und übrigens, wenn es jetzt ein Fetzen ist, dann sind einzig und allein deine schrecklichen Hunde dran schuld."

Und sie schluchzte nochmal ein bißchen. Sie legte den Stoff auf die Ablage im Flur und strich ihn glatt. Sie sah sich im Spiegel über der Ablage. Sie schüttelte den Kopf, daß die Haare flogen.

„Wie findest du meine Haare? Ich habe sie mir geschnitten", fragte sie mit zufriedenem Gesicht.

„Es steht dir wahnsinnig gut. Jetzt zeig mir doch, was du da hast."

Es war ein blaues Federmäppchen aus Frottee mit einem Reißverschluß.

„Aha?"

„Aber guck doch!" Åsa drehte es um und zeigte mir, daß auf der anderen Seite eine Applikation in Rot und Gelb war. Es war ein Superman.

„Er hat es selber im Werken gemacht. Und dann eilte er auf den Flügeln der Liebe zu mir und gab es mir."

„‚Auf den Flügeln der Liebe'? Wo hast du denn das gelesen?"

„Nirgends. Er hat es einfach gemacht. Er kam auf mich zu und gab mir ein Federmäppchen. Dann drehte er sich um und lief wieder weg."

„Auf den Flügeln der Liebe?"

„Nee, du Dummkopf! Halt so. Latschig und schlacksig, noch schlimmer als sonst. Ließ die Schultasche fallen und alles. Hob sie wieder auf, ohne sich umzudrehen. Meinst du, daß er mich mag?"

„Das weißt du doch!"

„Ja, das stimmt. Obwohl... Ich will wissen, was du meinst."

„Ich weiß, daß er dich mag. Er würde es sonst nie riskieren, sich auf die Flügel der Liebe zu setzen."

„Riskieren?"

„Ja. Die könnten kaputtgehen und er würde runterfallen wie eine angeschossene Ente."

„Was?" Åsa fingerte unruhig an dem Federmäppchen. Sie machte den Reißverschluß auf und holte freudestrahlend ein grauweißes Dreieck heraus.

„Was ist das denn?"

„Ja, da staunst du!" Sie hielt ein ekliges Etwas hoch und dann leckte sie auch noch daran.

„Was ist das denn?"

„Ein Flügel aus Marzipan."

„Was? Ein Flügel?"

„Den anderen hat Arne."

„Und warum?"

„Weil ich ihn ihm gegeben habe."

„Und warum hast du Arne nur einen Flügel gegeben? Aus Marzipan!"

Åsa steckte das eklige Ding langsam in das Federmäppchen zurück und zog den Reißverschluß zu. Sie schaute hoch und machte ein verwirrtes Gesicht. Dann sagte sie etwas, was ich sie noch nie habe sagen hören:

„Das ist mein Geheimnis."

Und sie sah so stolz aus. Die kleine Nase wurde noch kleiner als sonst, als sie den Mund selbstbewußt und geheimnisvoll zukniff. Ich wurde nicht böse oder sauer, obwohl es das erste Mal ist, daß sie ein Geheimnis hat, das sie mir nicht erzählt.

„Hast du es auch deiner Mama nicht erzählt?"

Sie schüttelte trotzig den Kopf.

„Doch, ich kenn dich doch!"

„Nein, habe ich gesagt. Warum glaubst du mir nicht?"

„Weil du ihr alles erzählst."

„Das ist nicht wahr! Dein Geheimnis zum Beispiel, das habe ich noch keinem Menschen erzählt."

„Wie ‚mein Geheimnis'?"

„Du weißt schon. Was du mir erzählt hast. Nicht bloß so ein Geheimnis, sondern das richtige Geheimnis."

„Jetzt weiß ich überhaupt nicht, was du meinst."

Åsa seufzte, als ob sie sich schämen würde, und dann sagte sie leise:

„Das mit Anna Helena."

Ich zuckte zusammen. Ich hatte lange nicht an sie gedacht, und ich habe nie geglaubt, daß sie ‚Mein Großes Geheimnis' ist. Anna Helena ist eine Schwester, die ich nie gesehen habe, weil sie gestorben ist, ehe ich geboren wurde. Sie wurde nicht ganz zwei Jahre alt. So kann es gehen, wenn man kleine Stückchen des eigenen Lebens in anderer Leute Gedächtnis läßt;

die können dann irgendwann auftauchen, auch wenn man es gar nicht will.

Wir schauten uns einen Moment lang an. Åsa genierte sich, und ich war... Ich war nicht richtig sauer. Natürlich nicht.

Aber ich bin gestört worden. Doch ich fand dann wieder den Sprung zu Åsa und in die Diele. Wir standen vor dem Spiegel, mit dem Rücken zu den ganzen Möbeln. Ich drehte mich um und zeigte auf die Möbel:

„Und jetzt ist das hier ein Geheimnis. Ein totales Geheimnis, Åsa, merk dir das! Und das ist auch keine von den Geschichten, wo Beata uns helfen könnte, damit wir sie verstehen. Ich versteh es nämlich selbst nicht."

„Aber das sind doch genau die..." sagte Åsa und verstummte.

„Nein, ich verspreche, daß ich niemandem ein Wort erzähle", sagte sie dann auf ihre ernsthafte und verläßliche Art.

„Aber warum hast du denn nicht mit nach Griechenland fahren dürfen?" fragte sie dann.

„Ich hätte schon gedurft, aber ich wollte nicht."

„Warum nicht?"

„Ich wollte nicht mit ihnen zusammensein."

„Magst du deine Eltern nicht?"

Jetzt starrten wir uns beide an. Weil das eine schreckliche Frage war. Und sie kam so von ganz allein, ohne Gemeinheit und Hintergedanken, als ob es hier in der Diele einen leeren Platz gegeben hätte, der hergerichtet worden wäre, damit genau diese Frage hervorkriechen konnte und sich zurechtlegen und uns mit kalten Augen anglotzen konnte. Wir waren beide wie gelähmt von dieser Frage. Wir setzten uns nebeneinander auf den Boden, mit dem Rücken zum Sekretär. Wir sagten eine ganze Weile nichts. Was für eine Frage!

„Meine Eltern sind …"

„Es ist sicher nicht ganz einfach, gleich zwei Stück auf einmal zu haben, nicht?"

„Warum nicht? So soll es doch eigentlich sein!"

„Vielleicht. Aber als ich noch meine beiden gleichzeitig hatte, fühlte ich mich immer ausgeschlossen. Ich merkte, daß sie immer etwas vor mir verheimlichen wollten. Sogar noch, als sie sagten, daß sie sich scheiden lassen würden! Sogar da habe ich noch geglaubt, daß sie sich das nur ausgedacht haben und mich anlügen würden, weil sie mich wegschicken wollten."

„Åsa, du Arme! Daß du überhaupt wieder froh geworden bist!"

„Ja, weil ich jetzt weiß, daß Mama nur mir gehört. Sie kann mit niemandem mehr flüstern und Geheimnisse haben. Ich kann ihr jetzt vertrauen. Kannst du deinen Eltern vertrauen? Verheimlichen sie dir manchmal was?"

„Es ist nicht, daß sie …" Ich sah jetzt plötzlich

den grünen Koffer vor mir, und die Tränen... dumme Tränen! Ich zwang sie, wieder in den Kopf zurückzukriechen.

„Was heißt verheimlichen. Vielleicht ist es eher so, daß ich ihnen nicht alles zeigen kann. Weil sie nämlich bloß lachen über das, was sie sehen."

„Wohl kaum."

„Was heißt denn ‚wohl kaum'? Wie willst du das denn wissen?"

„Sie würden wohl kaum über dich lachen, wenn sie dich jetzt sehen würden! Mußt du das wirklich machen?"

„Ja, ich muß!"

„Aber warum denn?"

„Darum! Nicht immer nur reden!"

„Aber was soll es denn werden?"

„Keine Ahnung. Wenn man etwas versteht, dann plant man. Aber hier gibt es keinen Plan! Alles raus, kapierst du? Komm, hilf mir mit dem Bett, das muß auf jeden Fall und auf der Stelle raus."

„Aber du weißt doch gar nicht mehr, was du tust!"

„Nein, das weiß ich selbst. Aber da du mich nicht bremsen kannst, mußt du mir helfen. Du mußt an mich glauben. Wer denn sonst? Schau mich an! Seh ich aus wie eine Verrückte?"

„Ja, aber wie eine Fröhlich-Verrückte. Was hast du dir eigentlich dabei gedacht?"

„Åsa", schrie ich. „Manchmal hat es keinen Sinn, zu denken!"

Plötzlich merkte ich, daß Åsa das, was ich machte, gar nicht verstehen durfte. Absolut nicht! Ich mußte es selbst machen. Ich war mittendrin und ich wollte nicht, daß jemand es begreift und eingreift und es versteht und an sich reißt und mir alles kaputt macht. Es gehörte mir! Åsa ist ständig am Nachdenken und Überlegen, egal ob sie redet oder den Mund hält. Ich bin es so gewöhnt, ihr zuzuhören, ich weiß also ziemlich genau, was in ihrem Kopf vorgeht. Ich kenne ihre Art zu denken fast besser als meine eigene. Meine Gedanken spazieren nicht so offen und sichtbar herum wie Ameisen zum Bau. Es kann sogar vorkommen, daß ich Åsa nachmache, wenn ich laut denke. Aber das ist nicht meine Art, bei mir gibt es eher Sprünge und plötzliche Drehungen und Unverhofftes.

Vielleicht verstand Åsa es ja fast.

„Du willst also Großputz machen", versuchte sie.

„Ja, so was Ähnliches. Faß da an."

Åsa ist stark wie ein Stier, aber sie ist unbeweglich. Sie hat sich zweimal fast den Fuß eingeklemmt. Ich habe mich nicht getraut, mir von ihr helfen zu lassen, das Bett die Treppe hinunterzuschleppen, als wir es endlich im oberen Flur hatten. Sie wäre zu Mus gedrückt worden. Aber es hat trotzdem Spaß gemacht,

und es war eine solche Schinderei, daß Åsa
vergaß, darüber nachzudenken, was wir da
machten. Als sie gegangen war, wurde es
plötzlich sehr leer, aus meinem Zimmer war
ja fast alles herausgeräumt.

Ich mußte daran denken, was Loulou gesagt
hatte: das zu wollen, was man will. Heute war
es so, daß mein Wille mich gesucht hatte und
in aller Stille in mich hineingekrochen war.
Ich hatte den ganzen Tag das gewollt, was ich
wollte – ohne ‚lieber‘ oder ‚vielleicht‘. Es ist
toll, vom eigenen Willen überrascht zu werden. Und ihn gegen alle ‚warum‘ und ‚aber‘
verteidigen zu können.

Aber jetzt war Schluß.

Ich wollte die Schachtel mit den Barbiepuppen raustragen. Aber ich wollte nicht. Es ging
irgendwie nicht. Die Schachtel machte sich
schwer und komisch, als ob etwas Besonderes
damit wäre. Das stimmt ja auch, es ist nicht
einfach irgendeine Schachtel. Sie ist rund und
hoch, es ist eine alte Hutschachtel, die Mamas
Großmutter gehört hat. Ich machte den Dek-
kel auf. Die ganzen Puppen und Kleider lagen
in der Schachtel wie in einem Brunnen, und
ganz unten versteckten sich meine alten Spiele, die Spiele, die ich allein gespielt hatte. Da
wollte ich jetzt überhaupt nicht dran denken.
Ich wollte nicht an die beiden Schwestern
denken, die Anna und Carin hießen. Anna
war eine dunkelgelockte Puppe, und Carin

hatte lange blonde Haare wie ich. Manchmal war Anna älter, manchmal waren es Zwillinge. Manchmal tauschten sie die Namen. Manchmal hießen sie gleich, sie hießen dann beide Anna Carin.

Was haben sie eigentlich gemacht? Sie waren bloß zusammen und haben getauscht. Die Kleider und die Namen und die Stellungen und die Plätze. Mal ging die eine vor und die andere hinterher, und nach einer Weile war es umgekehrt. Sonst passierte nichts, und das war das Geheimnis. Niemand durfte es wissen, weil ich es nicht erklären konnte. Es hätte auch niemand verstanden. Als ich die Schachtel raustragen wollte, machte sich genau dieses Geheimnis so schwer, und das machte mir Angst. Oder besser gesagt, es störte mich. Das Geheimnis. Mein Geheimnis. Vielleicht hat Åsa ja recht. Ist das mein Geheimnis? Die beiden Schwestern, die nie jemand zusammen spielen sehen konnte. Ich schwankte ein bißchen und fröstelte.

Als wir noch kleiner waren, und Åsa zu mir kam und wir zusammen mit den Barbiepuppen spielten, konnte sie nicht sehen, was Anna und Carin sonst machten, weil sie ganz anders hießen, wenn Åsa da war. Da waren es zwei sehr vornehme Damen, die zusammen Abenteuer bestanden, und die tauschten nicht. Manchmal schwatzten sie sich gegenseitig irgendwelche Kleidungsstücke ab, aber

83

erst nach langen Auseinandersetzungen und Diskussionen. Åsa, die sonst so lieb und nachgiebig ist, konnte richtig giftig werden, wenn es darum ging, die feinen Kleider ‚ihrer' Barbie zu verteidigen. Es kam mir manchmal so vor, als ob sie ausgerechnet in diesem Spiel die Prise Bosheit zeigte, die ihr sonst fehlt.

Es ist lange her, daß wir so gespielt haben. Vor Weihnachten haben wir noch einmal einen mißglückten Versuch gemacht. Da merkten wir schon, daß diese Spiele verschwunden waren. Es gibt sie nicht mehr. Wenn wir uns heute streiten wollen, dann müssen wir das ohne Barbie machen. Aber das wollen wir ganz selten. Die Schachtel durfte stehenbleiben.

Ich schleppte die Matratze ins Zimmer und rief die Hunde. Sie krochen zu mir ins Bett, und ehe ich drüber nachdenken konnte, war der Schlaf gekommen und hatte mich in ein schwarzes Zimmer ohne Fußboden gepfercht.

7. Kapitel

Gummibärchen und
Lakritzkatzen

Das erste, was ich sah, als ich aufwachte, war
die Schachtel. Ich sah, daß sie in einem Zimmer
stand, wo sonst nur noch eine Matratze
und Staubflocken waren. Das Zimmer lag in
einer Villa, in der es überhaupt keine Erwachsenen
gab, und die Villa stand in einem Garten,
in dem es zwischen den Buschwindröschen
ein bißchen schneite. Der Garten lag in
einer Stadt, in der ich mich nicht frei bewegen
konnte und mich verstecken mußte. Alles war
ein bißchen verrückt, aber genau richtig verrückt
für mich, die ich zwei Hunde hatte und
eine Tanzlehrerin, die mich in festen Gewohnheiten
festhielt. Ich machte mein Trainingsprogramm,
bevor ich mit Moses und
Beelzebub rausging. Dann saugte ich mein
Zimmer und wischte den Staub weg, und ich
war die ganze Zeit ein bißchen nervös wegen
der Ballettstunde. Das werde ich sonst immer
erst auf dem Weg.
Ich hatte fast das Gefühl, Vija Vanker merkte,
daß ich aufgeregt war, weil sie mich noch

mehr als sonst schimpfte. „Arbeit! Geduld!"
rief sie. Sie ist mit mir immer am strengsten,
aber ich weiß, daß sie so streng mit mir ist,
weil ich die Beste in der Gruppe bin, und daß
sie deswegen so viel Zeit für mich verwen-
det.

„Du mußt aufwachen, Camilla! Intensität! Es
ist völlig nutzlos, daß du trainierst, wenn du
nicht aufwachst! Deine ganze Arbeit ist um-
sonst, wenn du nicht zeigen kannst, daß du
richtig da bist. Du darfst deine Bewegungen
nicht nur andeuten. Sie müssen dich heben.
Du schläfst, Camilla! Ich muß gähnen! Das
hier ist kein Spiel!!"

Ich war verzweifelt, weil ich wußte, daß sie etwas von mir verlangte, was ich hatte, was ich
aber nicht aus mir herausbrachte. Es war, als
ob sie mich an etwas erinnern würde, was ich
vergessen hatte. Ich strengte mich an, und ich
strengte mich noch mehr an, und schließlich
hatte sie keine Lust mehr, mit mir zu schimpfen. Sie kam zu mir und packte mich an meinem Pferdeschwanz, so daß ich richtig aus der
Nähe in ihr wildes Gesicht schauen mußte.

„Endlich, wenigstens ein Blick", sagte sie und
beruhigte sich.

Dann ging es auch besser.

Auf dem Heimweg kaufte ich mir einen Ham-
burger und eine große Portion Pommes frites,
aber gerade als ich mich zum Essen hinsetzen
wollte, sah ich Loulou und David. Sie standen

an unserem Briefkasten und winkten mir durchs Fenster zu. Ich versuchte, hinter den Vorhängen zu verschwinden, aber da riefen sie alle beide: „Camilla! Camilla!" und winkten noch mehr.

Ich machte das Fenster auf. „Was ist?"

„Deine gelben Schuhe. Wir wollten sie dir in den Briefkasten stecken.

Ich lief hinaus.

„Ihr dürft hier nicht sein!" rief ich verwirrt, als ob ich die Zeit zurückdrehen und so tun könnte, als ob sie mich nie gesehen hätten. Ich wünschte mir, daß sie auf der Stelle verschwinden würden.

„Nirgends dürfen wir sein", sagte Loulou.

„Willst du ein Gummibärchen?" fragte David und reichte mir eine Tüte.

„Oder Lakritzkatzen?" fragte Loulou und reichte mir ihre Tüte.

„Wir haben von Kenneth Geld bekommen", sagte David.

„Damit wir ein paar Stunden nicht nach Hause kommen", sagte Loulou.

„Warum dürft ihr denn nicht nach Hause kommen?"

„Weil sie sich betrinken oder splitternackt in der Wohnung herumlaufen oder sonst irgendwas Jugendgefährdendes machen wollen", sagte Loulou und lächelte. Aber David guckte ganz traurig und fragte, ob er mit den Hunden Gassi gehen dürfte.

„Sicher", sagte ich, jetzt war eh alles kaputt. Ich konnte ja wohl nicht so tun, als ob es mich gar nicht gäbe. Wir redeten schließlich miteinander.

Ich holte die Hunde für David und die schwarzen Stiefel für Loulou, aber sie stellte sie nur auf der Treppe ab und ging mit mir ins Eßzimmer. Sie schüttete ihre Lakritzkatzen in eine Schale und aß abwechselnd Lakritz und von meinen Pommes frites. Sie erzählte von dem Aushilfslehrer, den unsere Klasse heute hatte.

„Er hat dunkle, lange Haare, die bis auf die Schultern fallen, und eine schwarze Jacke, die ihm viel zu groß ist, er ist nämlich furchtbar dünn. Als er zur Tür reinkam, beugte er sich vor und dann ganz schnell nach hinten, damit die Haare richtig fielen. Es wurde ziemlich laut, als er kam, weil er so dürr ist. Dann sagte er: ‚Was für eine lahme Begrüßung', setzte sich ans Pult und putzte seine Nägel. Der Nagel am kleinen Finger war schwarz lackiert. Wir wurden ruhig, weil wir fanden, daß er ein bißchen sehr cool war. Als er mit den Nägeln fertig war, sagte er: ‚Und jetzt rate ich euch, daß ihr euch verdammt passiv haltet', und nahm seine Gitarre. Er sang alle möglichen Lieder, selbstgemachte und andere. In ein paar Jahren will er eine eigene LP herausbringen. Er sang wahnsinnig gut. Er hat uns auch ein paar neue Lieder beigebracht. Schade, daß du nicht da warst. Bist du am Packen? Kann ich ein bißchen Wasser haben?"

Ich holte eine große Cola, und dann versuchte ich, ihr zu erklären, was ich vorhatte, aber das ist gar nicht so leicht. Ich weiß auch nicht, wie viel sie verstanden hat. Sie war so durstig, daß sie bloß trinken wollte.

„Darf ich gucken?" fragte sie schließlich und stellte das Glas ab.

Wir gingen hoch und schauten das Zimmer an. Es war leer, bis auf die Matratze in der Ekke; die Hutschachtel hatte ich in den Schrank gestellt, und die Staubflocken hatte ich aufgewischt. „So geht es nicht", sagte sie.

„Wieso nicht?"

„Die Tapete."

Mein Zimmer hatte eine hellblaue Tapete mit kleinen, weißen Tulpen drauf.

„Sieht aus, wie aus ‚Schöner wohnen'. Streich doch einfach drüber."

„Ich kann doch nicht einfach drüberstreichen? Einfach drüberstreichen?"

„Nee, du vielleicht nicht. Aber David, der kann das. Er hat sein Zimmer schon ein paarmal gestrichen. Einmal ganz schwarz mit goldenen Streifen und einmal leopardengefleckt. Jetzt ist es bloß schwarz-weiß gestreift. Das heißt, die Decke ist schwarz, der Boden ist weiß und die Wände sind abwechselnd schwarz und weiß. Er findet es heiß, schön ist es nicht."

Dann sang sie eines von den Liedern, das sie
von dem neuen Lehrer gelernt hatte:

Wenn du alles verstehen willst
Dann bau dir selber eine Welt
eine Welt zum leben.
Es geht um dein Leben
Dein Leben allein

„Das stimmt doch. Hier geht es doch um dein
Leben? Das Gefühl bekommt man zumindest.
Daß du bei dir Ordnung schaffen mußt. Du
hättest doch sonst nicht auf so viel verzichtet,
oder? Du kannst mir doch nichts vorma-
chen!"
Sie machte das Fenster auf und rief David, der
mit den Hunden im Garten war.
„David, komm rauf! Du mußt Camilla erklären, wie man ein Zimmer streicht!"
David kam, und er wuchs innerlich um einige
Zentimeter, als er mir was von Tesakrepp und
Rollen und Farbe erzählen durfte. Er schlug
vor, daß ich das Zimmer so anstreichen sollte,
daß es wie ein Aquarium aussieht. Ganz unten am Boden türkis und zur Decke hin immer heller, meinte er. Ich sah schon ein, daß
das toll aussehen könnte, aber ich wollte mich
absolut nicht wie ein Fisch in einem Aquarium fühlen. Für mich kam das also nicht in
Frage.
David nahm sich die weißen Vorhänge, die

ich in der oberen Diele über das Treppenge-
länder gehängt hatte. Er wickelte sie um den
Kopf und schrie, er sei ein Scheich in der Wü-
ste und bräuchte unbedingt ein Zelt. Er ist
wahnsinnig süß, wenn er so fröhlich und auf-
gekratzt ist.

Loulou rief: „David, sei lieb und laß dich von
Camilla und mir schminken!"

„Auf gar keinen Fall!" schrie er und rannte los,
den Vorhang schleppte er hinter sich her. Wir
mußten ihn natürlich jagen, und im Schlafzimmer hatten wir ihn. Loulou setzte sich auf
ihn und hielt ihn fest. Ich holte alle Schmink-
sachen, die Mama dagelassen hatte.

„David, bitte, bitte! Ich mach nachher auch
Waffeln!"

„Was für Marmelade gibt's dazu?"

„Was du willst, Himbeermarmelade, zum Beispiel."

Er gab ziemlich schnell auf und lehnte sich
gemütlich an ein großes Kissen und ließ uns
machen. Wir experimentierten eine ganze
Weile herum, aber schließlich waren wir uns
einig, daß er am hübschesten nur mit brau-
nem Make-up und sehr dunkel geschminkten
Augen war. Um den Mund herum war er so
kitzlig, daß wir gar nicht erst versuchen
brauchten, den Lippenstift sauber aufzutra-
gen. Er war äußerst zufrieden, als er sich im
Spiegel sah, und er blieb auch geschminkt, als
wir die Waffeln aßen. Dann sagte Loulou:

„Ich glaube, wir bleiben heute nacht hier."

Ich war sehr erstaunt und freute mich riesig. Loulou sagte zu David, daß er Marianne anrufen solle. Sie selbst rief bei Åsa an und sagte ihr, daß sie sie am nächsten Morgen nicht abholen würde, sie fühle sich nicht gut und würde zu Hause bleiben.

„Und sag das auch Göran in der Schule."

„Das mache ich aber nicht", sagte David.

„Ich kann dich nicht ausstehen, wenn du mein Gewissen spielen willst", schrie Loulou.

„Ich hab doch bloß gesagt, daß ich das nicht mache", sagte David.

„Ja, genau, du bist so unheimlich fies, wenn du so brav tust."

„Selber fies."

„Sag das noch einmal! Sag das noch einmal, hörst du denn schlecht? Du bist ja bloß zu feige zum Schwänzen und außerdem bist du neidisch, weil mir mal wieder was eingefallen ist."

„Ja, sicher! Dir ganz allein fällt ein, daß man schwänzen kann. Loulous große Entdeckung. Du wirst noch mal berühmt werden, paß bloß auf!"

„Sei bloß still, du widerliches, kleines Biest!"

Und ehe ich richtig gucken konnte, waren sie mitten in der schönsten Schlägerei. Dann schloß sich David im Klo ein. Ich hatte den Eindruck, daß sie beide nicht ganz klar im

Kopf waren. Eigentlich waren sie sich überhaupt nicht uneinig. Loulou wollte schwänzen, und David wollte in die Schule gehen,
und keiner wollte den anderen hindern. Sie
brauchten vielleicht einfach mal wieder einen
reinigenden Krach.

Ich machte den Vorschlag, alle Matratzen
nach unten zu holen und sie im Wohnzimmer
nebeneinander auf den Boden zu legen, damit
wir zusammen schlafen konnten. Loulou war
sofort dafür. Als David lange genug auf dem
Klo geschmollt hatte, kam er heraus. Er war
auch der Meinung, daß es eine sehr gute Idee
war.

Ich durfte in der Mitte liegen und hielt auf
der einen Seite Davids Hand und auf der anderen Loulous; sie war diesmal gar nicht kalt
und feucht, sondern warm und ruhig. Ich
stellte mir vor, daß sie meine Geschwister wären, aber das sagte ich nicht. Aber plötzlich
wurde ich doch neugierig und wollte wissen,
ob sie das gleiche dachten wie ich. Ich fragte:

„Was denkt ihr euch aus?"

„Ich weiß, was David sich ausdenkt", sagte
Loulou. „Er stellt sich vor, daß wir in einem
Boot sind und über den Atlantik fahren. Das
macht er nämlich immer, wenn wir irgendwie
merkwürdig übernachten."

„Und Loulou denkt sich das gleiche aus", sagte David.

„Mhm, das stimmt und es ist wunder-
schön."
Da kapierte ich, daß man entweder Geschwister hat oder eben nicht.

8. Kapitel

Nebelgrau

Als ich aufwachte, war ich allein im Wohnzimmer. Das Efeu ließ die Blätter hängen. Die
Fenster hatten ein nasses Muster und waren
grau. Regentropfen krochen langsam und su-
chend über die Scheibe. Ich blieb liegen und
schaute ihnen eine Weile zu. Ich versuchte,
einem Regentropfen zu folgen, aber mein
Blick blieb sofort hängen und folgte einer genauso gewundenen Spur und so weiter.
Wenn ich die Augen zukniff, wurde es ganz
grau. Der Regen war lautlos. Ich legte den
Unterarm über die Augen und rief:
„Moses! Beelzebub!"
Nichts passierte. Diese Stille überraschte
mich! Ich setzte mich auf und rief noch einmal. Aber keine eifrigen, tapsenden Schritte
kamen, es kamen unsichere, klackende Schritte. Irgendwann erschien Loulou in der Türöff-
nung. Sie hatte Mamas schwarze Schuhe mit
den hohen Absätzen an und trug Mamas ro-
sa-weiß-geblümte Schürze über ihrem zu kurzen, weißen T-Shirt. Sie sah in Mamas Sachen
so knochig und dünn und fröhlich aus. Die

Schuhe paßten ihr genau, aber sie ging trotzdem wackelig, weil sie es nicht gewöhnt war. In der Hand hatte sie einen Kochtopf. „Ich mache Grießbrei. David ist mit den Hunden draußen." Dann verschwand sie wieder.

Das gefiel mir jetzt doch nicht. Grießbrei habe ich in meinem Leben noch nie gegessen, und Moses und Beelzebub sind schließlich meine Hunde. Ich legte mich wieder hin und ließ die Regentropfen laufen, wie sie wollten, und versuchte gar nicht, ihnen zu folgen. Sie konnten sich Umwege suchen und liefen schließlich doch alle in die gleiche Richtung: abwärts. Die Haustür wurde aufgemacht und aus der Küche kam Loulous Stimme:

„David, du kleiner Sklave, da ist die Mülltüte, trag sie raus! Aber die Hunde müssen in die Kammer, sie sind naß."

Alle Geräusche deuteten darauf hin, daß David gehorchte, ohne zu mucken. Also hatte sie hier das Regiment übernommen. Sie wußte, was sie wollte, und deshalb entschied sie. Wenn sie doch nur in die Schule gehen würden! Aber jetzt hörte ich:

„Ruf Micke an, David, und sag ihm, daß du nicht in die Schule gehen kannst. Du hast heute nacht schrecklich gehustet. Ich will nicht, daß du schon wieder deinen Luftröhrenkatarrh bekommst. Und beeil dich, der Grießbrei ist gleich fertig, und du mußt dann beim Tischdecken helfen."

David knisterte eine Weile herum, und dann klang seine Stimme am Telefon so komisch, daß ich mir die Decke umwickeln, aufstehen und ihn anschauen mußte. Er hatte sich Klopapier in die Nasenlöcher gestopft, wahrscheinlich damit er verschnupft klingt. Und dann verbreitete er sich über seine schwere Krankheit. Ich bekam richtig Angst, daß er die ganze Woche bei mir bleiben würde.

Dann schlugen Schranktüren, Geschirr klapperte. Im Bett zu liegen und zuzuhören, wie andere bei mir zu Hause tun und machen, das wäre ganz schön gewesen, wenn ich zum Beispiel krank gewesen wäre. Aber jetzt fühlte ich mich nicht krank, sondern tot. Ich fühlte mich wie ein Gegenstand, als ob ich ein unbeweglicher Splitter in einem warmen, lebendigen Finger wäre, der herausgezogen werden muß. Ich war ganz einfach unheimlich traurig. Das schlimmste war, daß ich dieses Gefühl so gut kannte: ich war ein Fremdkörper in einem lebendigen Körper. Das Gefühl war alt, aber die Worte waren neu. Ich hatte mich bisher nie getraut, so weit zu denken, kein einziges Mal, wenn ich so dagelegen und mich tot gefühlt hatte, wenn Mama und Papa durchs Haus gegangen sind und alles organisiert haben.

Es war also nicht Davids oder Loulous Schuld, daß ich das Gefühl hatte, daß ich rausgezogen werden müßte, es war ein alter Gedanke, der schon immer (immer?) namenlos in mir umhergeschwommen ist. Aber es war ihre Schuld, daß es mir so klar wurde. Jetzt riefen sie, ohne ins Zimmer zu kommen:

„Komm, Camilla, es ist soweit."

Da machte ich etwas, was ich mich nie traue, wenn Mama ruft: Ich blieb liegen. Wenn ich bei Mama versuche, mich so zu wehren, dann wird alles nur noch schlimmer, weil meine Gefühle dann in ihr weiterleben und riesengroß und fürchterlich werden. Sie werden zu ihren Gefühlen und gehören nicht mehr mir. Und ihre Gefühle zu ertragen, das geht über meine Kraft.

Aber im Moment brauchte ich ja keine Rücksicht auf sie nehmen. Ich legte den Arm über die Augen und zog die Mundwinkel nach unten. Sofort waren Loulou und David da. Als sie mich so liegen sahen, kamen sie zu mir und krochen auf der Matratze herum. Sie jaulten, knurrten und bellten. Loulou biß mich in den Arm, und David schnüffelte mir zudringlich in den Haaren.

„Sie sehnt sich so nach ihrem Freund", brummte Loulou. Ich nahm den Arm vom Gesicht und schlug ihr auf die Schulter, aber ich legte ihn sofort wieder übers Gesicht.

„Und jetzt hat sie bloß uns", sagte David und brach mir fast die Knie, als er über mich kletterte. Sie machten noch eine ganze Weile weiter und knufften und bissen, aber ich machte mich ganz schlaff und reagierte nicht. Zum Schluß legten sie sich rechts und links neben mich, sie lagen ganz ruhig und eng bei mir.

„Bist du wirklich so sauer und traurig?" flüsterte Loulou.

„Nein", seufzte ich. Ich fand es nämlich unglaublich schön, diejenige in der warmen Mitte zu sein.

„Wenn es einem so geht wie dir, dann darf man sich nicht von der Stelle rühren und nicht allein sein", sagte David. „Ich hole das Frühstück."

Er ging in die Küche, Loulou blieb liegen, ganz nah bei mir, und sie flüsterte:

„So machen wir es auch immer bei Mama, wenn es ihr schlecht geht. Wir kennen uns nämlich aus."

Unbegreiflich. Mysterium. Eine Mutter, die sich von ihren Kindern trösten läßt. Und dann auch noch so eine Mutter wie Marianne! Tüchtig, wild und schnell. Bestimmt und eigensinnig. Daß die sich einfach jämmerlich ins Bett legen kann und sich von ihren Kindern trösten läßt! Das könnte meine Mama nie im Leben. So etwas würde sie einfach nicht von mir erwarten. Wenn sie Migräne hat, darf niemand in ihr Zimmer, und wenn man sich mit einer Tasse Tee hineinschleichen muß, dann darf man sie um Gottes Willen nicht anfassen und keinen Ton sagen.

Ich stellte mir vor, daß ich Bi wäre, meine eigene Mutter, und daß ich dann in dem weißen Zimmer liegen würde, das sie als Extrazimmer neben dem Schlafzimmer hat, und daß ich dann ganz alleine wäre und mich nicht trösten lassen könnte. Als ich mir das vorstellte, da fing mein Herz ganz schlimm zu klopfen an, fast so, wie es klopft, wenn ich den rosa Stoff mit den weißen Punkten vor meinem inneren Auge sehe. Aber jetzt war nur Loulou mit Mamas Schürze ganz nah vor meinen Augen.

David kam mit Grießbrei, dazu Zimt, Zucker und Milch. Wir saßen auf den Matratzen und aßen. Es war ein unglaublich sanftes Frühstück.

„Warum habe ich denn in meinem ganzen Leben noch nie so etwas bekommen?" sagte ich.

„Wofür habt ihr denn Grieß im Schrank?"

„Für ein ganz besonderes französisches Dessert mit Likör, aber das bekommen nur die Erwachsenen."

„So was Blödes", sagte Loulou.

„Saudumm", sagte David. „Ich geh jetzt die Zeitung holen. Loulou kann dir vorlesen, und ich flitze nach Hause und hole Farbeimer, Rollen, Tesakrepp und so. Wenn ich zurückkomme, dann tragen wir zuerst das Bett in den Schuppen, und dann zeige ich dir, wie man streicht. Du willst doch streichen, oder?"

„Ja, wahnsinnig gern."

Loulou räumte die Teller hinaus, und David ging an unseren Briefkasten. Obwohl ich kein bißchen krank war, war es jetzt doch sehr schön, zu hören wie die anderen bei mir zu Hause was machten. Die Regentropfen liefen immer noch kreuz und quer über die Scheibe, aber ich lief nicht mehr in meiner schlechten Laune herum wie ein toter Gegenstand. Ich sprang aus dem Bett und machte in meinem leeren, sauberen Zimmer mein Tanzprogramm. Loulou legte sich auf die Matratzen und las die Zeitung. Das Zimmer wirkte jetzt größer und freier. Ich tanzte durch den ganzen Raum.

Als David mit den Malerutensilien zurückkam, zeigte er uns, wie man einen kleinen Teppich unter das Bett legt, damit es rutscht und sich leichter bewegen läßt. Als wir ungefähr die halbe Treppe geschafft hatten, klemmte ich mir den Mittelfinger ein, der halbe Nagel löste sich. Es tat wahnsinnig weh, und ich heulte und schrie, aber es half ja nichts. Das Bett kam auf jeden Fall raus. Es paßte aber nicht in den Schuppen, wir stellten es also in die Garage. Dann setzten wir uns alle drei in dem leeren Zimmer auf den Boden und überlegten, wie ich es anstreichen soll.

„Nimm doch schockrosa, bitte", sagte Loulou.

„Nein, meergrün", sagte David.

Ich hatte das gleiche freie und fröhliche Gefühl, wie wenn Moses und Beelzebub an mir ziehen und zerren und ich trotzdem weiß, daß ich entscheide.

„Nebelgrau", sagte ich. Nebelgrau, dachte ich, als ob die Zeit stehengeblieben wäre und keine Regentropfen mehr umherirren würden und alles sanft und unendlich wäre.

„Nebelgrau!" sagten sie beide auf einmal, als ob es die beste Idee des Tages wäre.

„Aber hast du denn Geld? Für Farbe?" fragte Loulou.

Ich holte die Brieftasche, die ich von Sassan bekommen hatte. David schaute hinein.

„Das reicht, da bleibt sogar noch was übrig", sagte er.

„Geht ihr mit in den Farbenladen?"

„Ich nicht, ich bin krank", sagte David.

„Aber ich", sagte Loulou.

Obwohl keine Kunden im Laden waren, liefen Loulou und ich ziemlich lange im Laden herum und nahmen Seife und Gymnastiksandalen in die Hand, und niemand kümmerte sich um uns. Schließlich gingen wir zur Kasse und lehnten uns an die Theke. Wir warteten darauf, daß jemand uns ansprechen würde. Nach einer ganzen Weile fragte die rotlockige Frau mit den silbernen Lidern:

„Was wollt ihr?"

„Was kaufen", sagte Loulou ärgerlich.

Ich war mit der Brieftasche in der Hand herumgelaufen, damit man sehen konnte, daß wir richtige Kunden waren. Ich steckte sie jetzt schnell in die Hosentasche und wollte irgendwie schräg nach hinten versinken.

„Farbe", sagte Loulou kurz und unerreichbar.

Da bekam ich leider einen so schrecklichen Lachanfall, daß ich mich tatsächlich schräg nach rückwärts zurückziehen mußte, bis ich an irgendwelche Duschvorhänge stieß, hinter denen ich mich verstecken konnte.

„Ist Gun-Britt nicht da? Ich werde sonst immer von ihr bedient", sagte Loulou, und ich konnte mir ihren eiskalten Blick vorstellen, ihren allerschlimmsten, den sie hervorholt, wenn sie Göran, unseren Lehrer, verunsichern will. Die Duschvorhänge schwankten, aber ich konnte einfach nicht aufhören.

„Gun-Britt", rief die Frau in einen Sprechapparat auf dem Tisch, „Kundschaft."

Die sogenannte Gun-Britt war groß und dick und sah von uns vieren am normalsten aus.

„Will Marianne schon wieder streichen?" fragte sie freundlich.

„Nebelgrau", sagte Loulou. „Aber ich habe den Zettel mit den genauen Maßen des Zimmers vergessen", sagte sie mit unglaublicher Selbstbeherrschung. Dann ging sie schnell aus dem Laden, und ich schlich hinterher. Wir stolperten in ein Telefonhäuschen, damit wir in Ruhe lachen konnten. Warum, ja warum kommen diese Anfälle immer dann, wenn man am liebsten ruhig und sicher sein will? Loulou drehte die Füße nach außen und drückte die Knie zusammen, als ob sie furchtbar aufs Klo müßte, der Oberkörper schüttelte hin und her. Ich konnte sie nicht anschauen, ich biß die Lippen zusammen und schaute aus dem Fenster. Aber ich bildete mir ein, daß ich Kristian beim Kiosk stehen sah, und da mußte ich mich wieder umdrehen. Loulou legte ihre Arme um meine Taille, versteckte ihren Kopf an meiner Schulter und schnaufte und lachte so, daß es sie schüttelte.

Irgendwann war es natürlich vorbei, aber da konnten wir doch nicht einfach wieder in den Laden gehen und von vorn anfangen. Wir mußten nach Hause zu David gehen und ihn bitten.

„Kommt nicht in Frage", sagte David, ich bin krank, und ich kann mich nicht anziehen.

„Aber du warst doch schon mit den Hunden draußen!"

„Aber da wußte ich noch nicht, daß ich Luftröhrenkatarrh habe. Aber ich kann euch einen Zettel schreiben. Nehmt das Fahrrad mit, es wird schwer!"

Dieses Mal gaben wir einfach den Zettel ab und bekamen, was wir wollten. Es ging ganz prima, normal zu spielen. Uns gelang es sogar besser als der Rotlockigen, die sah immer noch bescheuert aus. Es gibt Leute, die sehen irgendwie aufgedonnert aus, wenn sie normal aussehen wollen. Wie die wohl zu Hause aussehen? Ich gehe manchmal auf dem Trimmpfad, wenn ich mit den Hunden rausgehe. Ich gehe dann in die falsche Richtung, so daß alle Jogger mir entgegenkommen. Das macht Spaß, ich schaue mir dann die Gesichter an, wenn sie laufen. Viele sehen aus, als ob sie ihre Maske verloren hätten und als ob sie überhaupt nicht daran denken würden, daß ich den unteren Teil ihres Gesichts sehen kann. Aber die Rotgelockte joggt sicher nie.

Nebelgrau! Daß das so schwer ist! An der Lenkstange hing ein großer Eimer, und den zweiten hatten wir auf dem Gepäckträger. Loulou führte das Rad, und ich paßte hinten auf. Ich wollte am liebsten die Augen zumachen, weil ich nicht sehen wollte, ob wir jemanden trafen oder nicht. Und wenn, dann wären das ja auch Schulschwänzer gewesen. Die würden auch die Augen zumachen. Dann würden Menschen mit geschlossenen Augen andere Menschen mit geschlossenen Augen treffen, und alle würden sie in ihrer eigenen Welt bleiben, mitten zwischen Sehenden und solchen mit geschlossenen Augen.

Als wir nach Hause kamen, hatte David das ganze Zimmer mit Zeitungen ausgelegt. Er hatte die Bodenleisten und Fensterrahmen abgeklebt, und er hatte einen Eimer mit Wasser und die Haushaltsrolle raufgebracht, falls ich Flecken machen würde. Er zeigte mir, wie man vorsichtig mit einem Pinsel streichen muß, damit man die Decke nicht verschmiert.

„Und außerdem ist es am besten, in Unterhosen zu arbeiten", sagte er und sah so fröhlich aus.

„Du bist kindisch", sagte Loulou. „Komm jetzt und zieh dich schnell an, gleich kommen Åsa und Micke mit den Hausaufgaben zu uns nach Hause. Camilla, entschuldige, daß wir dich mit dem Geschirr und den Betten alleine lassen, aber es geht nicht anders. Los, beeil dich, David, komm runter, leg einen Zahn zu!"

Sie gab ihm in der Diele unten Pullover, Jeans, Strümpfe und Schuhe. David setzte sich auf eine große Truhe neben der Haustür. Er ließ die Beine baumeln. Da kniete Loulou sich schnell hin und schnürte ihm rasch und bestimmt die Schuhe, wie eine richtige große Schwester. Zum Schluß gab sie ihm einen Klaps auf jeden Fuß, das war das Zeichen, daß er aufstehen sollte. Sie umarmten mich beide, ehe sie gingen. Erst Loulou und dann David. Ich begleitete sie bis zur Haustreppe. Sie winkten mir noch, und dann nahmen sie sich bei der Hand und rannten los. Ich hatte kaum die Haustür zugemacht, als das Telefon klingelte. Es war Sassan.

„Fühlst du dich schon einsam?"

„Nee", sagte ich ein bißchen unsicher, denn ich fühlte mich jetzt tatsächlich ein bißchen einsam, jetzt, wo Loulou und David gegangen waren. „Doch, vielleicht doch ein bißchen."

„Einsam genug?"

„Nein!"

„Was machst du gerade?"

„Ich spüle das Geschirr", sagte ich und seufzte.

„So entsetzlich viel Geschirr kannst du doch gar nicht haben."

„Na ja..."

Ich wußte nicht, ob ich mich in meiner erfundenen Welt bewegen sollte, oder ob ich mich an die Wahrheit halten sollte, wenn ich mit Sassan redete. Mein Leben war im Moment ja nicht nur Lüge, es gab ja auch einen Plan, etwas, was ich dunkel hoffte. Ein eigenes Zimmer für mich? Das war noch nicht Wirklichkeit, aber nur, weil es noch nicht fertig war. Aus der erfundenen Welt konnte ja eine neue Wirklichkeit werden. Es war sehr verwirrend für mich, zwischen Lüge und Wollen zu unterscheiden. Ich hatte auch keine Lust mehr dazu. Ich wollte mich nicht mehr verstecken. Ich wollte einen erwachsenen, ruhenden Pol haben, und zwar außerhalb von dem, was ich gerade machte.

„Loulou und David sind bei mir gewesen."

„Haben sie dich sehr gestört?"

„Nein."

Ich war froh, daß sie nicht fragte, was wir gemacht haben oder wie lange sie da waren. Aber wenn sie gefragt hätte, dann hätte ich geantwortet.

„Weißt du was, Sassan, ich freu mich, wenn du anrufst, weil ich dann sicher sein kann, daß alles ganz leicht geht."

„Du schaffst das alles ganz prima, das kann man an deiner Stimme hören. Ich ruf dich morgen wieder an, und du kannst mich ja auch anrufen, wenn du Lust hast. Mach's gut, meine kleine Freundin."

Sie war voll und ganz auf meiner Seite, ohne Mißtrauen und ohne besorgte Fragen. Obwohl sie erwachsen ist! Obwohl sie Mama und Papa kennt! ,Mach's gut, meine kleine Freundin'! Mach's gut, Sassan, meine große, alte Freundin!

Ich ließ das Geschirr stehen und rannte mit ein paar Schritten die Treppe hoch. Ich holte einen Schraubenzieher und machte den Farbeimer auf, den Loulou und David mir hochgeschleppt hatten. Es glänzte und schillerte ganz zäh, als ich mit einem Holz umrührte. Die Farbe sah richtig appetitlich aus, ich wollte sie mit den Augen essen. Sie war auch so angenehm zähflüssig. Sie schlängelte sich gehorsam in den Maleimer und wurde dann ganz ruhig und schaute mich an wie ein Auge. Es war fast ein bißchen unheimlich.

Die kleinen Tulpen an der Wand sprangen nicht weg. Klatsch, sagte es leise, als ich mit der Rolle über die Wand fuhr, die jetzt nie mehr so werden konnte wie früher. Es wurde ein großes V. Ich dachte daran, daß das auch ‚Sieg' bedeutet. Dann malte ich meine Initialen: C. F. Es wurde ein breites, offenes C für Camilla und ein F für Forslund, das F zeigte ein bißchen nach oben.

Aber dann wollte ich nicht mehr spielen, ich hatte Angst, daß alles eine einzige Schmiererei werden würde. Ich malte mitten auf die Wand ein sauberes Viereck, ich mied die Decke und den Boden und die Ecken. Das Viereck war wie ein helles Fenster in all dem Blau. Ich malte auf alle vier Wände so ein Fenster. Das ging leicht und machte Spaß, und es ging schnell. Die kleinen Tulpen gaben noch nicht ganz auf, sie schienen noch ein bißchen durch. Darauf hatte David mich schon vorbereitet. Ich mußte vielleicht das ganze Zimmer zweimal streichen, aber das war ja nicht so schlimm!

9. Kapitel

225 Grad

Als ich gerade so lange gearbeitet hatte, daß ich an eine kleine Pause dachte, klingelte es an der Haustür. Ich schaute durchs Eßzimmerfenster nach draußen und sah, daß es eine traurige und erbarmungswürdige Åsa war, die eine Plastiktüte an der Hand baumeln hatte. Ich machte sofort auf.

„Aber Åsa, was ist denn los?"

„Ich bringe dir einen Nachtisch." Sie hielt mir eine Plastiktüte hin. Da war ein gräulicher Teig drin, der überhaupt nicht appetitlich aussah. Aber dann dachte ich an den Grießbrei. Auf den war ich auch nicht so scharf gewesen. Ich wollte die Tüte nehmen und dran riechen. Aber sie zog ihren Teig weg.

„Es ist noch nicht fertig. Das sind gehackte Mandeln und Kokos, Zucker, Butter und Mehl und Milch. Ich will es bei dir backen, weil es ganz dünne Plätzchen werden, die ganz leicht kaputtgehen. Deswegen wollte ich sie nicht fertig gebacken herbringen", sagte sie jammernd.

„Åsa, was ist denn los?"

Moses und Beelzebub kamen und schubsten mich in die Kniekehlen und wollten raus zu ihrem Liebling. Ich mußte ihr die Tür vor der Nase zuschlagen und die Hunde wegbringen. Als ich wieder aufmachte, saß Åsa auf der Treppe und weinte. Ich nahm sie mit ins Wohnzimmer. Sie durfte sich, die Jacke noch angezogen, quer über die Matratzen legen. Die eklige Tüte hatte sie immer noch in der Hand. Ich sagte keinen Pieps davon, daß ich Kokos nicht ausstehen kann, sondern ich sagte, was ich heute morgen gerade gelernt hatte:

„Wenn es einem so geht, dann darf man sich nicht rühren und nicht alleine sein." Und jetzt hatte ich das Gefühl, daß es sehr lange her war, daß ich so dagelegen hatte und eine Tote unter lauter Lebendigen gewesen war. Åsa suchte mich mit den Augen, mit dem warmen, offenen Blick, den ich so an ihr mag.

Sie sprach ganz langsam: „Vorgestern, nachdem ich bei dir gewesen war, kam er einfach und klingelte bei uns an der Tür, ohne Grund. Verstehst du, wie ihm so was einfallen kann? Mama machte auf. Ich war in der Küche, und ich hörte, daß er nichts sagte. Es war eine ganze Weile total still. Ich wurde neugierig und wollte gerade hingehen und sehen, was los ist, da sagte Mama irgendwie fragend: ‚Åsa, ich glaube, da ist jemand, der zu dir will', und dann ging sie diskret in ihr Zimmer und machte die Tür zu. So was hat sie noch nie gemacht. Und ich stand da im Flur, Arne direkt vor meiner Nase. Was sollte ich denn machen?" Sie sagte so lange nichts, daß ich kapierte, daß es eine richtige Frage war, an mich gerichtet.

Schließlich sagte ich: „Ja, was hättest du machen sollen? Das weiß ich wirklich nicht. Was macht man denn in so einem Fall?"

„Weißt du, was ich gemacht habe?"

„Nee."

„Ich habe gar nichts gesagt, ich habe ihn nur angestarrt und ihm dann die Tür vor der Nase zugeschlagen. Genau wie du eben bei mir. Deswegen habe ich angefangen zu weinen, weil ich gemerkt habe, wie miserabel man sich da fühlt."

„Was hatte er denn auch bei dir zu suchen?" fragte ich.

Åsa fing wieder an zu weinen, aber jetzt aus Wut.

„Ja, was hatte er da zu suchen! Der Idiot! Warum mußte er denn kommen und alles kaputt machen? Und auch noch allein. Wenn er wenigstens ein paar Freunde dabeigehabt hätte!"

„Wein doch nicht, Åsa! Der kann dir doch egal sein. So ein blöder Kerl!"

„Alles ist jetzt kaputt!"

„Das kann dir doch wohl egal sein!"

„Nein, das kann mir nicht egal sein! Das ist es

doch gerade! Weißt du, was er gerade macht?"

„Wie soll ich das wissen?"

„Er fährt mit Kristian und Per mit dem Fahrrad vor Loulous Haus auf und ab. Er läuft ihr hinterher, daß es zum Kotzen ist. Sie rufen sie die ganze Zeit. Gott sei Dank ist sie heute krank, sie war heute nicht in der Schule."

„Da konnte er ihr ja wohl auch nicht hinterherlaufen."

„Nee, aber gestern sind sie zusammen in der Mensa gesessen! Und er hat ihr Tablett weggetragen, als sie fertig waren. Aber da kam dann Kristian und hat ihm ein Bein gestellt. Arne ist mit beiden Tabletts hingefallen und er guckte so blöd aus der Wäsche, daß alle lachen mußten. Ich hätte ihn auch ausgelacht, wenn ich nicht so traurig gewesen wäre."

„Das war gut, daß du ihn nicht ausgelacht hast, finde ich. Und es ist gut, daß du hergekommen bist, da brauche ich nicht alleine zu essen."

„Ich habe es zu Hause nicht mehr ausgehalten. Arne und Per und Kristian treiben sich die ganze Zeit bei uns vor dem Haus herum. Und sie machen Krach, damit sie aufmerksam wird. Aber sie schickt bloß David auf den Balkon. Er steht da wie ein Hausknecht, hat einen riesigen Schal um den Hals und krächzt, daß Loulou krank ist. Das wissen sie doch schon. Und ich muß mir das anhören. Hoffentlich hat sie sich gründlich erkältet und bleibt eine Weile zu Hause."

„Arne ist sicher dabei, damit du aufmerksam wirst, auf ihn."

„So so. Was du alles weißt. Ist ja nicht auszuhalten, wie schlau du geworden bist."

„Du kannst ruhig eklig zu mir sein. Ich mag dich trotzdem. Aber es ist nicht nötig. Du weißt doch selbst, daß man viel schlauer sein kann, wenn es um andere geht und nicht um einen selbst. Das erklärst du mir doch sonst immer. Åsa, ich hab Hunger. Komm und hilf mir beim Kochen."

„Du hast doch gesagt, daß ich mich nicht rühren darf und nicht allein sein darf."

„Ich trage die Matratze in die Küche, da kannst du dann neben mir liegen."

„Ich bleib aber liegen. Du mußt mich ziehen!"

„Jesses, schwer wie ein Stein. Dieser Liebeskummer wiegt ja ganz schön schwer, wenn man ihn fast nicht mehr ziehen kann."

„Ja! Genau! Unerträglich schwer. Deswegen mußt du mir helfen. Los, zieh jetzt. Ich hab dir neulich auch geholfen, deine alten Möbel rauszutragen. Was das gesollt hat! Paß auf die Schwellen auf! Meinst du, er mag mich?"

„Na klar!"

„Das sagst du bloß so. Alles ist kaputt!"

„Du bist so blöd, daß du einem fast leid tun kannst!"

„Ja, genau. Ich kann dir leid tun. Und du kannst einem leid tun, weil in deiner Küche schon fast so ein Chaos ist wie bei Loulou zu Hause."

„Sie war ja auch hier und hat das Chaos verbreitet. Sie und David haben heute nacht hier geschlafen. Deswegen liegen auch die Matratzen im Wohnzimmer.

„Aber Loulou ist doch krank, oder?"

„Nicht besonders."

„Wissen Loulou und David alle beide, daß du schwänzt?"

„Sie haben ja selber geschwänzt."

„Wen magst du am liebsten?"

„Dich natürlich."

„Das weiß ich schon. Aber von den beiden, meine ich."

„David ist toll, aber so allmählich habe ich den Eindruck, daß es mit Loulou zusammen auch ganz lustig sein kann. Aber, Åsa, sag mal, warum warst du denn so sauer, daß ich bei Loulou übernachtet habe? Du bist doch sonst so sicher, daß alle dich mögen?"

„Ich war nicht sauer. Ich hatte eine Wut auf meine Mutter. Sie war mal wieder unmöglich."

„Und warum kannst du Arne nicht vertrauen?"

„Weil er ein Junge ist. Ich weiß nicht, wie man mit Jungen umgehen muß. Auf dich kann ich vertrauen, weil ich weiß, wie ich mit dir umgehen muß. Und du weißt, wie du mit mir umgehen mußt. Aber Jungs!"

„Meinst du, daß das so ein großer Unterschied ist? Wie hättest du dich denn gefühlt, wenn Arne dir die Tür vor der Nase zugeschlagen hätte, ohne daß du ein Wort gesagt hast?"

„Ich hätte im Leben nie so was Idiotisches gemacht, wie zu ihm zu gehen und zu klingeln und dann allein, ohne Freundinnen, dazustehen. Das hätte ich nie gemacht. Das ist der große Unterschied. Den Jungens fallen Sachen ein, mit denen man überhaupt nicht rechnet. Das machen sie dauernd. Aber bisher waren es meistens lustige Überraschungen. Bei Arne zumindest."

„Er denkt vielleicht das gleiche von dir."

„Was redest du da? Willst du mir erklären, was Arne, der Idiot denkt. Du hast doch Angst vor Jungen!"

„Ich Angst vor Jungen? Es ist eher so, daß... Ich habe Angst davor, daß..."

„Jemand dich nicht mag. Davor hast du Angst. Deswegen hast du vor allen Angst. Weil du meinst, daß niemand dich genug mag!"

Das habe ich fast nicht ausgehalten, was sie da gesagt hat. Åsa ist meine allerengste enge Freundin. Aber manchmal habe ich das Gefühl, daß sie mir zu nah kommt. Zudringlich nennt man das wohl. Ich kann mir überhaupt nicht vorstellen, daß zum Beispiel Loulou mit

irgendeinem Menschen so redet. Und jetzt
schaut diese zudringliche Åsa mir auch noch
direkt ins Gesicht und merkt, daß ich verletzt
bin!

„Aber Camilla! Ich mag dich doch so gern!"

„Aber da bist du ja wohl die einzige, du
Dummkopf", sagte ich und versuchte, normal
zu klingen.

„Aber Per findet, daß du einen hübschen Bu-
sen hast. Das habe ich daran gemerkt, wie er
dich anschaut, wenn du den hellblauen Pulli
anhast."

„Pfui Teufel, was bist du busenfixiert! Ich
nicht! Merk dir das!"

Åsas Stimmungen wechseln schnell, sie kann
sich leicht trösten lassen. Ich muß irgendet-
was ganz anderes machen, wenn ich traurig
oder verletzt bin, ich brauche etwas außerhalb, worauf ich mich konzentrieren kann.
Das war auch jetzt so. Åsa hatte es geschafft,
in weniger als einer Viertelstunde mir mehre-
re häßliche Sachen zu sagen. Ich holte Fleischklößchen aus der Tiefkühltruhe und machte
sie warm. Ich kochte Reis und deckte den
Tisch.

„Wie heiß muß der Ofen sein?" fragte ich
Åsa.

„225 Grad", sagte sie und rollte ihren Teig
aus.

Åsa wollte keine Fleischklößchen, aber sie lei-
stete mir Gesellschaft.

„Warum hast du eine Wut auf deine Mutter gehabt?" fragte ich.

„Weil sie immer wieder versucht, Sachen vor mir zu verheimlichen. Und das hat natürlich mit Papa zu tun. Aber sie schafft es nicht."

„Was sind das denn für Sachen, die du unbedingt wissen mußt?"

„Ich weiß ja schon, was es ist. Sie ist verletzt wegen meiner USA-Reise, aber sie will es nicht zugeben. ,Meine liebe Åsa, aber du weißt doch, daß ich dir alles Schöne gönne.'"

„Aber warum sagt sie denn so was, wenn es nicht wahr ist?"

„Weil sie so eine Mutter sein will, die mir alles Schöne gönnt. Aber ich weiß, daß es nicht wahr ist. Und es ist so fürchterlich, wenn man nicht darüber reden kann."

„Ist die immer noch so abhängig von dir?"

„Sie wäre schon nicht so versteckt traurig, wenn ich woanders hin fahren würde. Aber sie ist auch neidisch, daß ich zu Papa fahren darf und sie nicht. Und dafür schämt sie sich."

„Und deswegen kann sie auch nicht darüber reden. Eltern können sich einfach nicht vor ihren Kindern schämen."

„Aber deswegen habe ich so eine Wut auf sie. Es wäre viel besser, wenn sie zeigen würde, wie es ihr geht: daß sie verletzt und neidisch ist. Und ich könnte dann mit Fug und Recht sauer sein, soviel ich will."

„Und was würde das nützen? Warum willst du denn sauer sein?"

„Wir könnten dann darüber streiten. Oder ich könnte sie trösten, daß sie nicht so eine Mutter sein kann, wie sie gerne wäre."

„Mein Gott, wie stressig! Ich würde es nicht aushalten, wenn ich eine Mutter hätte, die ich trösten muß."

„Für mich wäre deine Mutter schlimmer, weil sie so verschlossen ist. Wenn ich nicht verstehe, was für Mama wichtig ist, dann verstehe ich mich selbst nicht. Das wäre so, als ob mein halbes Ich im Schatten läge. Und wenn es mir dann irgendwo im Schatten weh täte, dann wäre ich völlig hilflos, weil ich nicht zeigen könnte, wo es weh tut. Jetzt weiß ich wenigstens, daß mir Mamas nicht geweinte Tränen weh tun. Man kommt eben nicht weg von den Quellen des Unglücks."

„Meine Mutter weint nie. Sie hat ja auch keinen Grund zum Weinen. Sie ist ja glücklich verheiratet."

„Ja, ja, red' du nur. Die Flügel der Liebe und die Quellen des Unglücks. Soll ich ein bißchen Eis zu den Mandelplätzchen rausholen?"

„Ja, mach das!"

Sie schmeckten himmlisch. Ich vergaß sogar, daß Kokosflocken drin waren. Und als ich mich wieder daran erinnerte, war alles schon zu einem wundervollen Geschmack zusammengeschmolzen, und ich konnte auch nicht mehr bereuen, daß ich es genossen hatte.

10. Kapitel

Das rote Nachthemd

In dieser Nacht schlief ich zusammen mit den Hunden auf dem Boden im Wohnzimmer. Vor dem Frühstück machten wir einen langen Spaziergang. Ich tat so, als ob ich blind wäre, und die Hunde mußten mich führen. Das war lustig, es ging nur zu schnell. Ich hatte dauernd Streifen über den Augenlidern vom Lichtflimmern und von Schatten.

Zu Hause erwartete mich ein überraschender Anblick. Die schönen Fenster, die ich gemalt hatte, sahen nicht mehr wie Fenster aus, sondern wie große Betonklumpen. Ich drehte mich weg und hoffte, daß ich nicht richtig gesehen hatte. Ich konnte überhaupt nicht verstehen, daß mein Zimmer sich verändert hatte, während ich geschlafen hatte. Dann wurde mir klar, daß die Farbe beim Trocknen nachgedunkelt war, daß das jetzt die richtige Farbe war. Aber sie war schrecklich!

Ich habe das Gefühl, daß ich ein unsichtbares Maß in mir habe, das gilt für das Salz in einem Essen und für das Grau eines Zimmers und alles mögliche sonst. Und das kann ich natürlich nicht so einfach ändern. Und mein Zimmer war zu dunkel für mich. Das spürte ich mit meinem Grau-Maßstab und da brauchte ich auch niemanden zu fragen. Das Dunkle machte mir Angst.

Was war das bloß für ein wahnsinniges Unternehmen? Wie hatte es denn angefangen? Kann ich Mama und Papa die Schuld geben, weil sie weggefahren sind? Oder Sassan, die mir die dicke Brieftasche gegeben hat? Oder Åsa, die mir bei den Möbeln geholfen hat? Oder Loulou, die mit ins Farbengeschäft gegangen ist? Oder David, der mir gezeigt hat, wie man streicht? Nein! Alles ist aus meinem Inneren gekommen. Da war eine Unruhe. Und die hat sich losgemacht, und sie ist ausgerechnet in diesem Zimmer gelandet. Und wenn ich dafür sorgen würde, daß alles mißlingt? Wenn ich mich einfach in mein Zimmer setzen und aufgeben und nur noch heulen würde? Das könnte ich selbstverständlich tun. Niemand würde mich hören. Niemand würde sich meiner erbarmen. Ich konnte nicht alles in diesem halbfertigen Zimmer mißlingen lassen, weil niemand mich zusammenkehren, wieder reparieren und alles um mich herum aufräumen würde. Sassan würde es nicht schaffen, sie ist zu alt.

„Arbeit! Geduld!" Ich schob die Zeitungen beiseite und machte ein paar von Vija Vankers Übungen.

Dann strich ich alles fertig – steingrau, blei-
grau, bleischwer. Die frische Farbe natürlich
nicht, die war freundlich und hell und verlok-
kend. Aber ich wußte ja, wie es werden würde: wie eine Gefängnismauer um einen armen
Menschen, der mit großer Energie und Ziel-
strebigkeit in die falsche Richtung gearbeitet
hat. Die kleinen Tulpen hüpften immer noch
überall herum und zogen mich leise, ganz leise auf: „Uns wirst du nicht los!"
Aber doch! Ich streiche alles noch mal! Und
dann! Ich wurde bei diesen Gedanken so
glücklich, daß alles wie ein Tanz ging. Das bedeutet nicht, daß es so leicht ging, wie die
Leute glauben, wenn sie sagen: „Leicht wie
ein Tanz", es bedeutet anstrengend, aber es
macht Spaß.
Ich wußte genau, was der nächste Schritt war:
wieder zu der Rotgelockten zu gehen und
weiße Farbe zu kaufen. Dann würde ich mir
ein Grau genau nach meinem Maß mischen.
Zum Glück hatte ich genug Zeit! Ich konnte
in aller Ruhe arbeiten, bis ich fertig war.

Ich tat genau das, was ich mir ausgedacht hatte, und es wurde genau so, wie ich wollte.
Aber das wußte ich erst am nächsten Morgen,
als alles nach dem zweiten Streichen getrock-
net war. Das Zimmer war hell und leicht und
anziehend, aber überhaupt nicht einschmei-
chelnd.

Ich nahm die Zeitungen vom Boden und sah, daß ich unglaubliches Glück gehabt hatte mit etwas, woran ich überhaupt nicht gedacht hatte. Das graue Linoleum, das zum Vorschein kam, als ich meinen weißen Teppich zusammengerollt hatte, paßte farblich genau zu den Wänden, es war ein bißchen dunkler.

Ich machte mein ganzes Trainingsprogramm und sogar noch ein bißchen mehr in meinem neuen, freien Zimmer. Ich machte die Schritte und eroberte es noch einmal, Schritt für Schritt.

„Das bin Ich! Das ist Meines!"

Der Tanz und das Zimmer und Ich. Jetzt! Hier! Was für ein Triumph.

Ich zog den ganzen Tesakrepp ab und wischte die Flecken weg. Dann machte ich in der Küche die Arbeitsgeräte ganz gründlich sauber, genau wie David gesagt hatte, und dann stellte ich seine ganzen Sachen in einem Eimer in den Flur. Ich schlief nach der ganzen Schinderei auf den Matratzen im Wohnzimmer ein, obwohl noch heller Nachmittag war. Als ich aufwachte, wußte ich nicht richtig, wo ich war, es war dunkel geworden, und an der Haustür klingelte es Sturm. Ich stolperte an die Tür, um aufzumachen.

„Camilla! Antworte! Wir machen uns Sorgen!"

Das war Åsas Stimme. Moses und Beelzebub sprangen deshalb aufgeregt und erwartungsvoll um meine Beine. Man merkte, daß sie sich fast nicht zurückhalten konnten, zu bellen, obwohl sie das nicht dürfen, wenn es an der Tür klingelt.

„Warte! Ich muß die Hunde wegbringen!"
Und dann machte ich auf. Åsa, Loulou und David standen draußen.

„Wir wollen sehen, wie es geworden ist", sagte David.

„Ganz toll", sagte ich und war ziemlich sicher, daß mein Grau-Maß mit ihrem übereinstimmt. Aber bevor wir die Treppe oben waren, klingelte es schon wieder. Wir schauten uns erstaunt an.

„Mach du auf", sagte David zu Loulou, und sie ging aufmachen. Vor der Tür standen Kristian, Per und Arne.

„Seid ihr uns nachgegangen!" sagte Loulou ärgerlich.

„Was macht ihr hier?" fragte Kristian.

„Blumen gießen", sagte Loulou.

„Mit den Hunden Gassi gehen", sagte David.

Aber Åsa sagte nichts. Sie lächelte ganz allein für sich. Sie schaute Arne an und lächelte, weil sie sah, daß er sie anstarrte, als ob es uns andere nicht gäbe. Per und Kristian besaßen die Frechheit festzustellen, daß es mich auch noch gab.

„Und sie", fragte Per und zeigte auf mich.

„Sie ist krank", sagte Loulou.

Ich lief ins Wohnzimmer und zog mir die Decke bis unters Kinn.

„Allein und todkrank und keine Mama und keinen Papa", sagte ich.

„Was für ein Glück, daß wir da gekommen sind", sagte Kristian ziemlich forsch, obwohl sie in Wirklichkeit alle drei ziemlich unsicher waren und sich genierten, das merkte man. Sie standen zusammen und boxten sich.

„Bitteschön, nehmt doch Platz", sagte Loulou und zeigte aufs Sofa wie die perfekte Gastgeberin. Per und Arne setzten sich, aber Kristian ging zum Tonband und stellte es an. Birgit Nilsson jubelte in höchsten Tönen Opernarien. Alle starrten mich entsetzt an, als ob ich in einem Irrenhaus leben würde. Und Kristian stellte schleunigst wieder ab. Dann war es eine ganze Weile still, und jetzt, nach dem Musikschock, mußte ich wohl die Verantwortung übernehmen. Ich wußte nicht, was ich mir einfallen lassen sollte.

„Wir können ja Popcorn machen", sagte ich schließlich.

Loulou, David und Åsa, die sich auskannten, rasten in die Küche, als ob sie sterben würden vor Lust auf Popcorn. Arne ging hinterher. Kristian blieb und erzählte Witze. Per und ich lachten, aber nicht so, wie wir in der Schule in der Pause gelacht hätten, da hätten wir gebrüllt vor Begeisterung. Man hörte aus der Küche das fertige Popcorn gegen den Topfdeckel knallen, und ich war froh, daß die anderen bald wieder kommen würden. Gerade als ich erleichtert aufatmete, ging Kristian auch in die Küche. Nur Per blieb bei mir.

„Hat Kristian bei dir Chancen?" fragte er.

Ich zog die Decke über den Kopf. Das war zu bescheuert. Erstens war es überhaupt eine idiotische Frage, und zweitens weiß schließlich die ganze Schule, daß Kristian und Loulou miteinander gehen, und zwar schon seit letztem Jahr im Herbst. Ich blieb liegen und hörte nur noch mein Herz schlagen und meinen keuchenden Atem. Endlich kam David und grub mein Gesicht aus all den Haaren und dem Bettzeug heraus.

„Ist unsere Kranke gestorben?"

„Au ja", rief Loulou, „Doktor spielen!"

Wir lachten alle, weil wir froh waren, daß wir aus dem Alter raus waren. Sie setzten sich alle zu mir auf die Matratze, die Popcornschüssel in die Mitte. Das Popcorn war ein bißchen angebrannt, schmeckte aber trotzdem, besonders mir, ich hatte ja noch nichts gegessen.

Ich ging in die Küche und holte Milch und Gläser. Åsa kam mit.

„Per hat mich gefragt, ob Kristian bei mir Chancen hat. Meinst du, daß es aus ist mit Loulou?" flüsterte ich Åsa zu.

„Aber Camilla, das fragt er doch bloß, weil er wissen will, ob er selbst Chancen bei dir hat."

„Woher willst du das wissen?"

„Das ist doch klar. Soll ich Per fragen?"

„Da denkt er dann sicher, daß du ihn fragst, weil du ihn haben willst."

„Nein, nein. So einfach ist das nicht. Soll ich?"

„Nein, ich will damit nichts zu tun haben."

„Ich frag aber doch."

„Åsa, untersteh dich!"

„Ich frag natürlich nicht jetzt, klar, sondern wenn es sich ergibt. Komm, wir gehen wieder zu den andern."

Kristian fütterte Loulou mit Popcorn. Er nahm zu viel, und sie bekam zu viel in den Mund und mußte die Hälfte auf den Boden husten. Alle fanden es wahnsinnig lustig. Per und Arne machten es Kristian nach und fütterten sich gegenseitig. Ich wünschte mir plötzlich ganz stark, daß alle Jungens auf der Stelle nach Hause gehen würden. Sah David mir an, was ich dachte? Er sagte nämlich:

„Camilla, komm, wir gehen jetzt in dein Zimmer."

„Au ja. Åsa, du weißt doch, wo Johans Schlagzeug im Keller steht, zeig es den anderen."

Per und Arne und Kristian starrten David und mich an, als ob sie denken würden, daß sie auf so einer verruchten Party gelandet wären, die man immer im Fernsehen sieht. Sie gingen sofort mit Åsa, die ihnen zeigte, wo es in den Keller ging. Man merkte ganz deutlich, daß sie fanden, daß David und ich es ein bißchen übertrieben mit unserer Coolness.

Er nahm mich an der Hand und rannte mit mir die Treppe hoch. Ich war froh, daß ich von den anderen weg konnte, es war da so eine komische Spannung, die weder Spiel noch Ernst war, sondern irgend was zwischendrin. In meinem leeren Zimmer war Dämmerung, eine Beleuchtung zwischen hell und dunkel, aber es war eine beruhigende Dämmerung. Wir blieben erst eine Weile so stehen und atmeten tief.

„Perfekt!" sagte David, nachdem ich endlich Licht angemacht hatte. „Hast du toll gemacht, könnte nicht besser sein."

Das fand ich auch. Aber es wurde trotzdem irgendwie wirklicher, wenn noch jemand anderes es sagte. Und besonders, wenn David es sagt, er ist schließlich Fachmann.

„Was für Möbel stellst du rein?"

„Möbel, igitt!"

„Ich würde sagen, eine Matratze auf dem Boden mit weißen Bettbezügen und daneben einen Kerzenhalter mit einer weißen Kerze. Doch, vielleicht noch irgendwas an der Wand. Aber keine Vorhänge!"

Ich hatte das Gefühl, daß es ihm gelungen war, daß sich meine schrecklich schweren und klobigen Möbel in Luft auflösten.

„Ja, ganz genau so mach ich es."

Ich war so glücklich, daß ich ihn in den Arm

nahm. Und da stellte ich fest, daß eine Umarmung auch überraschen kann. Es war anders als neulich, als Loulou und David mich schnell umarmten, bevor sie nach Hause liefen. David war jetzt warm und sicher und auch ruhiger, aber das Erstaunliche war so ein ganz weicher Schimmer, der über der ganzen Umarmung lag. David spürte es auch, wir legten beide gleichzeitig den Kopf ein bißchen zurück, ohne uns loszulassen, und wir schauten uns erstaunt an. Dann ließen wir uns langsam los und gingen wieder runter. Ich ging vor ihm die Treppe runter, und ich wollte mich eigentlich auf meine Treppenstufe setzen, aber ich konnte nicht, ich hätte es nicht ausgehalten, wenn er sich neben mich gesetzt hätte oder wenn er gegangen wäre.

Das Schlagzeug wurde sofort still, als wir ins Zimmer kamen.

„Und, wie ist es?" fragte Kristian.

„Perfekt", sagte David.

„Wie schön, Camilla, du bist schon toll", sagte Åsa.

Dann machten Per und Arne einen solchen Krach mit dem Schlagzeug, daß man sein eigenes Wort nicht verstehen konnte. Als sie wieder etwas ruhiger waren, sagte Åsa, daß sie um neun zu Hause sein muß. Kristian und Per zogen sie deswegen auf, aber Arne sagte, daß er eigentlich um halb neun zu Hause sein müßte. Da hielten die anderen den Mund, denn was Arne macht, ist richtig. Er ist immer so nett zu Åsa, und das mag sie. Kristian ist zu Loulou manchmal ein bißchen gemein, aber das macht ihr nichts, sie regt sich gern ein bißchen auf.

Ich mag einen weichen Schimmer, aber daran wage ich gar nicht zu denken. Als Arne und Åsa gegangen waren, halfen Loulou und Kristian mir in der Küche, und Per saugte im Wohnzimmer das ganze Popcorn auf. David ging mit den Hunden Gassi. Als alles fertig war, sagte Loulou:

„Jetzt muß unsere Kranke ins Bett! Marsch nach oben und das Nachthemd angezogen!"

Ich ging nach oben und zog mein schönstes Nachthemd an. Es ist rot und hat am Saum und an den Ärmeln doppelte Volants. Ich bürstete mir die Haare und putzte die Zähne und wusch mich mit meiner guten, duftenden Seife. Dann ging ich wieder runter und legte mich auf die Matratze im Wohnzimmer und alle deckten mich zu. Das war vielleicht schön. Dann gingen sie, und Loulou rief: „Schlaf gut!" und machte das Licht im Flur aus. Moses und Beelzebub legten sich an meinen Füßen zurecht. Moses schnarchte, und Beelzebub zappelte im Schlaf. Ich war froh, daß ich nicht sofort einschlief und erst noch ein Weilchen glücklich sein konnte.

11. Kapitel

Rosmarin ist gut
fürs Gedächtnis

Am nächsten Morgen pfiff ich beim Duschen
ein Lied, aber ich kam nicht auf den Text. Erst
als ich mit den Hunden auf unserem Morgen-
spaziergang war, wußte ich, daß es „Oh what
a wonderful morning" war.
Dann brachte ich die Matratzen dahin zurück,
wo sie hingehörten und machte Mamas und
Papas Bett, so gut ich konnte, damit sie nichts
merken. Mir kam plötzlich, was für fürchterli-
che Sachen hier im Haus stattgefunden haben.
Ich hatte abends Jungens zu Hause gehabt.
Ohne Eltern. Einer hat hier übernachtet und
eine ganze Nacht hier geschlafen, und ich habe neben ihm gelegen und seine Hand gehal-
ten. Still, ihr Gedanken. Wie schrecklich! Es
hat schrecklich viel Spaß gemacht! Und unglaublich geheim!
Ich holte mir für meine Decke einen weißen
Bezug. Sassan hat einmal meine Initialen als
hübsches Monogramm draufgestickt. Ich
machte alles, was David gesagt hatte. Ich
suchte einen schönen Kerzenhalter und stellte

ihn mit einer langen, weißen Kerze auf den
Boden. Dann hängte ich meine rosa Ballettschuhe an die Wand. Ich mußte sie allerdings
noch einmal abhängen, weil ich Ballettstunde
hatte. Vija Vanker lobte mich so oft, daß ich
schon Angst hatte, daß sie mich ganz aufgege-
ben hatte. Doch ich verstand, daß sie auch mit
Lob loben kann und nicht nur mit Schimpfen,
wie ich bisher gedacht hatte.

„Endlich ein bißchen Gefühl, Camilla. Präzi-
sion ohne Gefühl ist nichts. Du schwebst. Du
nützt den Raum. Da! Jetzt hast du deinen
Körper gefunden!"

Genau! Sie hatte recht! Ich war in meinem
Zimmer, und ich war frei. Das war der Augen-
blick, den ich gesucht hatte. Jetzt wußte ich,
daß alles, was passiert war, und alles, was ich
in diesen Tagen gemacht hatte, dazu gedient
hatte, damit ich werde, wie Vija Vanker mich
haben will – damit ich gut werde!

„Es ist das Tanzen!" Ich sagte das ganz laut
auf dem Heimweg vor mich hin, immer wieder: „Es ist das Tanzen!" Und jetzt war ich
endlich sicher, daß es stimmte. Zwischen-
durch hatte ich ja selbst mal geglaubt, daß es
nur eine Ausrede war, damit ich nicht mit
Mama und Papa fahren muß. Als sie es nicht
glaubten, glaubte ich es auch nicht. Wenn ich
in ihrer Wirklichkeit lebe, dann muß meine
Wirklichkeit sozusagen die Augen zumachen.

Ich bin zu Hause geblieben, damit ich nicht an meiner Wirklichkeit zweifeln muß. Wenn ich will, was ich will, dann wird es ernst, und dann kommt das Tanzen. Es kommt, wenn es sein muß, mit rasender Geschwindigkeit. Es muß aus mir heraus. Das weiß Vija Vanker, und jetzt weiß auch ich es.

Zu Hause in der Küche lagen auf dem Teller und auf dem Tisch noch überall Brösel von den Mandelplätzchen. Ich nahm sie mit dem Zeigefinger auf und aß sie alle, eins nach dem anderen. Kokos schmeckt doch, auf jeden Fall wenn Åsa was damit macht. Und ich kann tanzen!

Åsa kam am Abend ein Weilchen rüber.

„Ich hab ja immer noch nicht gesehen, wie es geworden ist."

„Komm hoch!"

„Camilla, so eine schöne Farbe! So leicht! So kühl! Wie du, du bist auch leicht und kühl, aber ich stelle mir dich eher als helles Rosa vor, wie eine altmodische Rose. Das ist schon eine ungewöhnliche Farbe, aber sie ist schön. Was stellst du für Möbel rein?"

„Die hier."

„Wie, die hier? Aber so kannst du doch nicht wohnen, Camilla, nein, das geht nicht."

„Warum nicht?"

„Weil es schrecklich ist."

„Wie schrecklich?"

„Schrecklich halt. Weißt du noch, als mein Vater gerade ausgezogen war und es mir so schlecht ging. Da durfte ich immer zu dir kommen und in deine Schreibtischschubladen gucken. Da lagen die Radiergummis in einer Reihe. Das war die richtige Ordnung, die du überall in deinem Zimmer hattest. Und die beruhigte mich. Du hast mir das mit dem ‚Pedantisch-Sein' erklärt. ‚Man muß das Pedantisch-Sein verstehen', hast du gesagt. Aber das hier, Camilla, das ist nicht die richtige Ordnung, das ist nicht pedantisch, das ist einfach leer. Das ist doch schrecklich! Siehst du das denn nicht?"

„Für mich ist es nicht schrecklich. Ich brauche so viel leeren Platz, wenn ich das Zimmer ausnützen will und meinen Körper finden. Das sagt auch Vija Vanker. Schau doch, wie ich jetzt in dem Zimmer trainieren kann."

Und ich zeigte es ihr ein bißchen. Ich zeigte es ihr nur ein ganz, ganz kleines bißchen, und mich durchfuhr es plötzlich und stark, daß es in diesem Zimmer noch Unmengen von herrlichem, noch nicht entdecktem Tanz gab. Aber das wußte nur ich.

„Ja, ich sehe es. Wenn du tanzt, ist das Zimmer gut. Aber wie ist es denn, wenn du bloß lang in deinem weißen Bett liegst und an die Decke guckst? Leg dich hin, damit ich es sehe. Aha. Wie ein steuerloses Floß treibend im Nebel. Willst du es so haben?"

„Ich finde, daß es sich prima anhört. Spannend und überhaupt nicht deprimierend. Und übrigens werde ich meine Ballettschuhe an einem Nagel an die Wand hängen. So! Jetzt hab ich was, an dem mein Blick sich festhalten kann. Das ist mein fester Punkt."

Als Åsa fort war, bin ich in Mamas Zimmer gegangen. Wenn mein Zimmer wie Nebel ist, dann ist ihr Zimmer wie Schnee und Eis.

Papa und sie haben ein gemeinsames Schlafzimmer, das weiße Zimmer liegt dahinter. Da ist sie, wenn sie Migräne hat, oder wenn sie einfach allein sein muß. Deshalb bin ich dieses Zimmer nicht gewöhnt. Es ist mir genauso fremd wie der Heizkeller. Da unten ist allerdings alles umgekehrt: schmutzig, schwarz und warm. Hier ist es sehr sauber, weiß und kühl. Es riecht hier drinnen ganz leicht nach Kräutertee, so leicht, daß das Zimmer fast noch luftiger davon wird. In dem Zimmer steht ein kleines Sofa mit einer weißen Wolldecke. Ich legte mich auf das Sofa und sah das, was Mama von ihrem Platz aus sieht: ein Gemälde, auf dem das Spielhaus beim Sommerhaus von Mamas Großmutter ist. Es sieht genau wie ein richtiges Haus aus, es ist rot und hat weiße Fensterrahmen und eine grüne Tür. Es hat auch eine kleine Veranda. Vor der Veranda steht ein kleiner, altmodischer Puppenwagen. Drumherum stehen große Bäume, die zum Rand hin blasser werden, und ganz außen ist dann bloß noch das weiße Papier. Das Bild ist mit Wasserfarben gemalt.

Mama hat das Bild gemalt, als sie fünfzehn war. Meine Großmutter hat es irgendwann mal gefunden, rahmen lassen und es Mama geschenkt. Großmutter wollte, daß Mama Malerin wird, Mama wollte Keramikerin werden, aber dann wurde sie merkwürdigerweise immerhin Personalchefin einer Keramikfabrik. In den Ferien arbeitet sie manchmal immer noch ein bißchen an der Drehscheibe.

Auf dem Fensterbrett hinter mir und gegenüber dem Spielhausbild steht ein weißglasierter Topf, den sie gemacht hat. In dem Topf wächst ein kleiner Rosmarinstrauch. Er sieht nicht besonders aus, aber wenn man die Blätter reibt, riechen sie sehr stark. Und Rosmarin ist gut fürs Gedächtnis, sagt Mama. Vor dem Fenster steht ihr alter Schreibtisch, den sie schon als junges Mädchen hatte. Auf der Tischplatte sind links und rechts zwei Schubladen, die an der hinteren Kante mit einem weißen Holzgitter verbunden sind.

Und jetzt machte ich etwas, was ich nie gemacht hätte, wenn Mama zu Hause gewesen wäre, nicht mal wenn sie in Schweden gewesen wäre. Ich zog nämlich die oberste linke Schublade auf, ich ließ sie sofort wieder los, als ob sie zu heiß oder zu kalt wäre. Die Schublade stand halb offen, und mein Herz klopfte. Mama ist eine geheimnisvolle Person, aber heißt das auch, daß sie Geheimnisse in ihren Schubladen hat? Nein! Ich zog alle vier Schubladen auf einmal heraus. Ich konnte dann natürlich nur sehen, was in den obersten war.

Da gab es nicht viel zu sehen. Es war, wie wenn man ein Buch mit merkwürdigen Buchstaben aufmacht, die man nicht lesen kann. In der linken Schublade: ein runder, schwarzer Stein und ein paar knisternde braune Rosen, eine Zitrone, die so vertrocknet war, daß sie ganz hart geworden war. Ein Ohrring mit aufgefädelten, lila angemalten Bohnen und ein winzig kleiner Weihnachtsbaumanhänger aus Schokolade. Punkt. Schluß. Nicht zu entziffern. Geheimnisvoll.

Aber man sah natürlich, daß diese Sachen alle eine Bedeutung hatten. Wenn ich den Ohrring auf die Zitrone und den schwarzen Stein auf die Rosen und den Weihnachtsbaumanhänger in die Mitte legen würde, dann würde man noch besser sehen, daß ich nichts verstanden habe, denn so gehörte es nicht. In der rechten oberen Schublade lagen ein paar alte Postkarten. Auf der interessantesten war eine riesige Lappenfrau. Man konnte gut sehen, daß sie unnatürlich groß war, weil sie zusammen mit anderen, normal großen Lappen abgebildet war. In der Schublade darunter war lauter Kleingeld aus allen möglichen Ländern. Ich versuchte, es richtig zusammenzustellen und zu erraten, was aus dem gleichen Land kam. Das machte Spaß.

Als ich noch klein war, hat mir Sassan manchmal ihre Schubladen gezeigt. Ich durfte dann neben ihr auf dem Sofa sitzen, und wir haben jeden einzelnen Gegenstand zusammen angeschaut. Ich lehnte mich dann immer vor, um besser zu sehen, und sie lehnte sich zurück, weil sie so besser sehen konnte. Sie nahm jedes Schmuckstück und jeden Knopf in die Hand und erzählte, wann sie ihn bekommen hatte und zu welchem Kleid er gehört hatte, und manchmal erzählte sie auch Geschichten dazu. Das gefiel mir. Sie hatte auch Haarnetze und altmodische Strumpfhalter, und sie zeigte mir eine dicke Wurst aus Wildleder, mit der sie ihre Nägel poliert hatte. Deshalb kann ich in Sassans Schubladen lesen, auch wenn sie nicht da ist. Es kommt immer noch vor, daß ich frage: „Sassan, bitte, darf ich in deiner Schreibtischschublade kramen?" weil sie da alle interessanten Sachen drin hat. „Aber ja, meine Kleine", sagt sie dann, und sie braucht mir nicht mehr alles zu zeigen. Ich verstehe alles, wenn ich ihre Sachen in die Hand nehme.

Die untere linke Schublade auf Mamas Schreibtisch war am interessantesten, denn da lagen jede Menge Fotos, völlig durcheinander. Ich zog die Schublade ganz heraus und stellte sie vor mich auf den Schreibtisch. Da gab es einige süße Fotos von mir, als ich noch ganz klein war. Auf zwei Fotos war ich noch ganz, ganz klein, fast neugeboren, und ich lehnte schlaff an Sassans Schulter. Auf einem Bild gibt Johan mir das Fläschchen, und er sieht ein bißchen verlegen und stolz aus. Seine Ohren stehen ab. Er sitzt auf einem großen, leeren Hof auf einem Stuhl. Das ist wohl bei Großmutter im Sommerhaus. Ich küßte das Foto, weil Johan fast platzte vor Begeisterung, großer Bruder zu spielen.

Plötzlich sah ich, daß unter der herausgezogenen Schublade kein Boden war. Da war noch ein Fach, und da waren auch noch viel mehr Fotos drin. Ich holte sie heraus, jede Menge Fotos von Mama und mir, als ich klein war. Ich hatte noch nie darüber nachgedacht, daß es merkwürdig ist, daß es überhaupt keine Fotos von mir mit Mama aus meiner frühesten Kindheit gibt. In meinen frühesten Erinnerungen ist es immer Sassan.

Aber jetzt sah ich Mama, strahlend glücklich und jung und mich auf ihrem Arm, mich auf ihrem Schoß, mich neben ihrem Bett, Mama mit mir im Wagen, mit mir an der Hand. Ach je, es war so schade, daß diese fröhliche, glückliche, zärtliche Mama so ganz aus meiner Erinnerung verschwunden ist. Als ob ich sie so nie gesehen hätte. Aber ich erkenne sie ja, auch wenn ich mich nicht an sie erinnere. Das ist sie!

Ich suchte mir das Bild heraus, das mir am besten gefiel. Was mir daran so gut gefiel, war mein speckiger Arm, der um ihren Hals lag. Mama hat den Kopf ins Profil gedreht und küßt mich auf die Backe, und ich schaue ernsthaft direkt in die Kamera. Mein nackter Arm liegt um Mamas Hals. Ich zog den Pulloverärmel hoch und fühlte den langen, knochigen Unterarm, den ich jetzt habe. Die Haut ist an der Innenseite ganz zart und fast bläulich. Das ist heute ein nicht benutzter Teil meines Körpers. Niemand faßt mich heute da an. Aber ich erinnere mich, daß Sassan mich am Unterarm festhielt, wenn sie mich von etwas abhalten wollte, und ich erinnere mich, daß Papa mich an beiden Unterarmen nahm und hochhob. Das war so schön, daß ich zitterte.

Ich legte das kleine Foto beiseite auf den Korbtisch neben dem Sofa. Als ich die Fotos wieder einsammelte und zurücklegen wollte, fand ich eine kleine, goldene Halskette mit einem zerkauten Herzchen und einen Umschlag mit einer abgeschnittenen Locke.

Als ich alles wieder so in die vier Schubladen zurückgelegt hatte, wie es gewesen war, und ich sie wieder zumachen konnte, schämte ich mich kein bißchen. Mamas Schubladen waren nicht irgendwie schrecklich, ich hatte nicht das Gefühl, daß sie verbotener waren als Sassans. Es war eher so, daß es ein schönes Gefühl war, daß Mama ihre Erinnerung an die Freude mit mir so sorgfältig bewahren wollte.

Das allerschönste Foto nahm ich mit. Es war so klein, daß es in meine Handfläche paßte, und ich konnte die Hand sogar zumachen, ohne daß es kaputtging. In Papas und Mamas Schlafzimmer fühle ich mich mehr zu Hause. Früher durfte ich am Sonntagmorgen immer zu Papa ins Bett, und er hat mir dann die Comics aus der Zeitung vorgelesen.

Hier war es natürlich sauber und aufgeräumt. Mama hatte alle Spuren von Papas chaotischem Packen getilgt.

Aber die Tür zu Mamas Schrankkammer war nur angelehnt. Ich machte sie ganz auf. Aus der Schrankkammer kam kein Geruch nach Kräutertee oder Rosmarin, es roch nach Parfüm und Körper. Es war ein herrlicher Duft, der mich anzog. Ich verkroch mich in Mamas Kleidern. Sie waren so weich, wenn sie so widerstandslos da im Dunkeln hingen. Ich lehnte mich an die Kleider und ließ mich von ihnen streicheln. Ich war komischerweise noch nie hier in der Kammer gewesen. In dem weißen Zimmer bin ich gewesen, wenn auch nur ab und zu und ganz kurz, aber ich bin noch nie in Mamas Schrankkammer gewesen. Wenn ich mal, ganz selten, etwas zum Anziehen ausleihen will, stellt sie sich immer auf der Schwelle in den Weg, und dann holt sie selbst das Kleidungsstück, das ich haben will.

Deswegen war es ein neues Gefühl, so umschlossen von Duft und weichen Stoffen im Dunkeln zu stehen. Ich machte die Augen zu. ‚Magst du deine Eltern nicht?' Unter den Augenlidern kamen die Tränen hervor, und ich ließ sie langsam und warm über meine Bakken laufen. Das kleine Foto hatte scharfe Ekken, die mir in die Hand stachen, und ich war von einem sehr starken Duft umgeben. Da wußte ich plötzlich, was Liebe ist. Ich kletterte aus der kleinen, dunklen Kammer heraus, ich war verwirrt, aber erleichtert, so, als ob ich endlich die Antwort auf eine bohrende Frage bekommen hätte.

Ich lief den oberen Flur entlang und holte mir aus Mamas Nähsachen eine Stecknadel. Ich befestigte das kleine Foto neben meinem Bett, so, daß ich es sehen konnte, bevor ich das Licht ausmachte. Ich schaute es mir auch sehr lange an. Dann blies ich die Kerze aus und schlief ein.

12. Kapitel

Der weiße Mantel

Am nächsten Morgen spürte ich klar und deutlich, daß ein neues Gefühl auf mich wartete. Es war so, wie wenn in einer Novembernacht der erste Schnee fällt: man weiß schon, bevor man aus dem Fenster geschaut hat, daß die Welt neu ist.

Die Welt war neu von der Sehnsucht, die über Nacht gefallen war. Ich hatte die ganze Woche nicht eine Spur von Sehnsucht verspürt, nicht einen Tropfen, keine Flocke Sehnsucht hatte mich gestreift. Aber jetzt war alles mit Sehnsucht bedeckt, und das paßte prima, weil Papa und Mama am gleichen Abend wiederkommen würden.

Zum Glück war es Samstag, und ich konnte Åsa gleich morgens anrufen:

„Åsa, bitte, kannst du nicht herkommen und mir zeigen, wie man so eine herrliche Himbeertorte mit Gelee macht. Du kannst das doch. Ich möchte Mama und Papa mit etwas Schönem überraschen."

„Das ist sehr klug von dir. Es könnte ja sein, daß auf jeden Fall eine Überraschung auf sie wartet, und nicht nur eine angenehme."

„Du bist blöd, Åsa. Alle finden, daß das, was ich gemacht habe, toll ist."

„Alle, das bist du und David. Ich finde es ja auch toll, ich bin mir nur nicht so sicher, was deine Eltern davon halten werden. Deswegen ist es schon gut mit der Torte, meine ich. Ich komme gleich."

Es war, als ob unruhige Flocken durch die reine Sehnsucht flogen, als Åsa das sagte. Ich hatte ja wirklich nur einen großen Schubs bekommen und überhaupt nicht vorwärts oder rückwärts oder um diese Tage herum gedacht.

Jetzt sah ich das Ganze plötzlich mit Mamas Augen. Ich bekam Angst. Die kleinen weißen Tulpen hüpften nicht mehr über meine Wände. Es gab keinen Weg zurück. Es war auch keine Zeit mehr zum Zweifeln und Zögern.

Das war das Tollste mit diesen paar Tagen, daß alles in die gleiche Richtung gegangen war. Sonst springen die Tage ja hin und her wie ein Hase auf einem Acker, und man versteht überhaupt nicht, wohin der Hase eigentlich will. Wenn ich doch nur die Geschwindigkeit halten könnte. Wenn ich doch nur kerzengerade durch alle unruhigen Möglichkeiten steuern könnte, die jetzt auftauchten: Wut, Heulen, Erklärungen, Zorn, Krach und Geschrei, Zerstörung und Bruchlandung.

Ich hielt mir die Ohren zu und schaute in den Flurspiegel. Das Glas ist alt und gibt deshalb

ein graues Bild, und er ist aus zwei Teilen gemacht und hat einen waagerechten Strich aus
Blei in der Mitte. Dieser Horizont zerschnitt
genau meine Augenbrauen. Das obere Bild
war scharf, das untere ein bißchen undeutlich
von den Wellen und Flecken im Glas. In meinem Kopf war alles ganz klar. Ich wußte, daß
das, was ich gemacht hatte, richtig und gut
war. Es war allerdings nur für mich gut. Aber
ich zähle auch! Ich verstehe ‚gut' und ich
brauche ‚gut'. Es war richtig. Es war genau
meine Farbe und nach meinem inneren Maß.
Es war fertig und gut gemacht und schön und
sauber. In diesem Zimmer konnte ich tanzen!
Es war sehr wichtig, daß ich mich jetzt nicht
bremsen ließ und zurückgedrängt wurde.
Dann würde mein großer Schubs nur zu einer
kleinen Laune, so wie Papa an dem Abend gesagt hat: ‚Es war also bloß so eine Laune. Du
darfst nicht so mit unseren Gefühlen umgehen…'
Deswegen hielt ich mir noch einmal die Ohren zu und schaute in den Spiegel. Im Kopf
oberhalb des Bleihorizonts war alles klar. Ich
hoffte, daß meine Ohren sich keine allzu bö-
sen Sachen würden anhören müssen, damit
mein Mund mich nicht noch mal auf eine
Fahrt in dieser rasenden Achterbahn schickt,
denn das würde ich nicht aushalten.

Åsa ging mit mir einkaufen. Dann machte sie
die ganze Torte allein, sie ist so kompliziert.
Als sie ganz fertig und steif war, garnierte ich
sie mit einer Tube weißer Tortengarnierung.
Die hatten wir auch zusammen gekauft. Es
sah richtig toll und fachmännisch aus.
„Die werden noch glauben, daß du sie gekauft
hast!"
„Es ist nicht zu glauben, wie toll wir sind,
wenn wir uns mal nicht in der Schule veraus-
gaben müssen!"
„Sehnst du dich nach der Schule?"
„Schon."
„Und weißt du schon, daß Arne..."
Ich hörte nicht richtig, was sie sagte. Ich hörte
nur ihre Stimme. Wenn sie von Arne spricht,
klingt sie so glücklich. Als sie gegangen war
und ich die Tür zugemacht hatte, dachte ich,
daß ich diese glückliche Stimme gerne mein
ganzes Leben behalten würde.
Von meinem Zimmer aus kann ich die Straße
sehen, da, wo sie auf der anderen Flußseite
am Berg entlangführt. Ich stand an meinem
gardinenlosen Fenster und schaute aus dem
Nebel in das milde rosa Licht, das sich ganz
still im Fluß spiegelte. Hinter dem Berg verschwand es allmählich. Die Autos konnte
man auf diese Entfernung fast nicht sehen,
nur die Scheinwerfer, die sich alle in der gleichen Bahn bewegten. Die Straße am Berg ist
nicht sehr befahren, und ich dachte: ‚Noch

drei fremde Autos, und dann kommt unseres, wenn ich noch fünf Autolichter zähle, dann kommt unser Auto…' Aber als ich noch am Fenster stand und zählte, hörte ich es von unten aus der Garage rufen: „Camilla!"

Eine Autotür schlug und jemand wollte die Haustür aufmachen. Moses und Beelzebub waren völlig aus dem Häuschen und rannten hin und her. Beelzebub konnte nicht an sich halten und mußte ein kleines bißchen bellen. Ich hatte das Gefühl, daß ich die Treppe hinunterflog, so, wie man im Traum fliegen kann. Ich riß die Haustür auf und hörte es von allen Seiten rufen: „Camilla!"

Der Name! Mein Name! Als ich hörte, wie meine Lieben mich riefen, da war es, als ob ich aus einem allzu realen Traum aufwachen würde und wieder in der Wirklichkeit sein durfte. Es war wunderbar, die angestrengte Konzentration, die man im Traum und beim Alleinsein braucht, aufgeben zu dürfen und in Johans Arme gerettet zu werden und in seine Wärme zu kommen. Henrik hielt Johan am einen Arm und mit dem anderen streichelte er meinen Rücken.

Mama und Papa kamen noch nicht, weil! Himmel! Sie kamen nicht mit dem Auto in die Garage, weil da ja mein Bett stand. Was jetzt kam, war: ‚was hat das zu bedeuten', gerunzelte Stirnen, unruhige Blicke, das Austauschen von Blicken; Koffer wurden auf den

Asphalt abgestellt, Koffer wurden wieder aufgenommen. Mama und Papa hatten beide
fremde Gesichter, sie waren braungebrannt.
Unwillig uns dreien auf der Treppe zuge-
wandte Köpfe. Ich hatte Johan und Henrik
und Moses und Beelzebub um mich, und ich
hatte keine Angst. Mama und Papa waren
beunruhigt. ‚Was kann passiert sein?‘ Nichts
Schlimmes! Aber das wußte ja nur ich.

„Warum hast du das Bett in die Garage gestellt?“ fragte Henrik.

„Hast du umgeräumt, du Wahnsinnsmäd-
chen?“

„Vielleicht sogar das ganze Haus auf den
Kopf gestellt?“ sagte Henrik. „Nichts ist mehr
am alten Platz, was? Neue Zeiten mit neuen
Ordnungen brechen an, was, meine kleine
verrückte Schwester!“

„Du bist ja bloß neidisch, du Maulheld“, sagte
Johan zu Henrik. „Hier hat es mal jemand fer-
tiggebracht, was zu verändern. Sabotage in
der Garage! Ein junges Mädchen sorgt für
Verkehrschaos im Westen der Stadt! Direktor
Forslunds Wagen kommt nicht durch!“

„Aber schaut sie euch doch an“, sagte Henrik
und zeigte auf unsere bedauernswerten Eltern. „Kommt rauf zu euren Kindern“, rief er
ihnen zu.

„Es ist nichts Schlimmes, es ist was Schönes,
kommt und schaut selbst“, sagte ich und
winkte sie zu uns.

Ich rannte die Treppe zu meinem Zimmer hoch, Moses und Beelzebub, Henrik und Johan folgten mir auf den Fersen. Sie stolperten umeinander, weil sie alle so aufgeregt waren. Ich lief in mein Zimmer und stellte mich in die Mitte, die Hände in den Seiten.

„Da staunt ihr, was?"

Moses und Beelzebub sprangen immer noch vor Freude im Kreis und hin und her, aber Johan und Henrik blieben wie angewurzelt auf der Schwelle stehen und sagten kein Wort.

„Ist es nicht toll?" fragte ich stolz und fröhlich.

„Weiß Bi das hier?" fragte Johan nach einer etwas zu langen Pause.

„Muß Bi eigentlich immer die Hauptperson in dieser Familie sein", sagte Henrik. „Ich finde das hier... es ist... Ich bin ausgesprochen beeindruckt. Was für ein Stil. So befreit. Genau so hätte ich es auch gern. Camilla! Wer hat dir das gemacht?"

„Ich!"

„Du bist fantastisch! Das hätte doch wirklich niemand von dieser kleinen Streberin gedacht. Was ist denn in dich gefahren?" Henrik legte den Arm um mich und drückte mich.

„Irgendwas halt!"

„Psst, sie kommen", sagte Johan.

Wir traten zur Seite und ließen sie reinkommen. Mama stellte den kleinen grünen Koffer ab, sie hatte ihn mit raufgenommen. Papa ging auf den Händen im Zimmer hin und her. Er geht immer auf den Händen, wenn er sich ganz besonders freut, und zum Glück kommt das oft genug vor, damit er sein Kunststück nicht verlernt. Ich konnte allerdings nicht glauben, daß er sich so sehr über möbellos und nebelgrau freut, und deswegen nahm ich an, daß er sich wirklich freute, mich wiederzusehen. Ich ging auf alle Viere, damit mein Gesicht auf die gleiche Höhe wie seins kam, und legte den Kopf schräg und lächelte ihn an. Ich mußte warten, bis er seinen Spaziergang beendet hatte. Er kam auch auf alle Viere und knuffte meine Stirn mit seiner. Dann standen wir auf, und er nahm mich in den Arm.

„Mein Schatz! Mein kleinster und wertvoller Schatz! Ich habe jeden Tag an dich gedacht. Es war fast so, daß ich es nicht ausgehalten habe ohne dich, obwohl ich doch sonst auch viel weg bin. Aber ich habe mir Sorgen gemacht, kapierst du das, du eigensinniges Mädchen. Ich habe mir jeden Tag Sorgen gemacht. Aber jetzt sehe ich ja, daß es dir gut gegangen ist. Hast du das hier selbst gemacht?"

„Ja!"

„Ich bin so froh und so erleichtert." Er wollte wieder auf den Händen gehen, aber da sagte Mama: „Ich hätte mir auch jeden Tag Sorgen gemacht, wenn ich gewußt hätte, daß Sassan so alt geworden ist, daß man sich nicht mehr auf sie verlassen kann."

Wir starrten sie alle vier an, nein alle sechs, Moses und Beelzebub wurden plötzlich auch ganz ruhig, als sie das sagte. Johan, der sich noch nicht danebenbenommen hatte, indem er mich gelobt hatte, schlich zu ihr hin und legte ihr den Arm um die Schultern, als ob sie in Gefahr wäre.

„Findest du nicht, daß es schön aussieht, die grauen Wände und die rosa Ballettschuhe? Das Ganze ist sehr geschmackvoll, Camilla hat von dir gelernt. Das kleine Foto und der Kerzenhalter sind so genau plaziert, als ob du es selbst gemacht hättest. Siehst du nicht, daß es nur eine Fortsetzung deines unglaublich sicheren Geschmacks ist? Camilla hat deine künstlerische Begabung geerbt."

Nein, also wirklich! Bei Johan klang es ja so, als ob es Mamas Verdienst wäre, daß das Zimmer so toll geworden ist, als ob sie sich in mein Blut gedrängt und alles von innen gesteuert hätte. Ich wäre dann ja bloß ihr Werkzeug. Ich wollte schon wütend auf Johan werden, aber nur einen Moment, denn jetzt beugte sich Mama zu dem Foto und sagte:

„Warum hast du denn Anna Helena an deine Wand gehängt?"

Ich schaute sie hilflos an, weil ich sie nicht richtig verstand.

Sie sagte noch einmal: „Du hast Anna Helena an deine Wand gehängt."

Mir wurde neblig vor den Augen.

„Und wo bin ich?"
Ich ließ mich auf mein Bett fallen. Ich saß da
wie eine Schiffbrüchige, und alles war völlig
neblig. Wie im Traum, wenn man versuchen
will, einen Punkt zu fixieren, damit man aufwacht, genau so suchte ich meine Ballettschuhe mit den Augen, aber Mama saß davor. Die
Zeit blieb stehen. Keine Tränen liefen. Keine
Uhr schlug. Es gab überhaupt nichts mehr. Alles löste sich auf. Aber meine Hand lebte
doch allein weiter, sie bewegte sich auf die
Wand zu und zog die Stecknadel raus. Das
kleine Foto fiel auf den Boden. Meine Lippen
bewegten sich auch noch. Sie flüsterten:
„Und wo bin ich?"
Eine Riesenwelle rollte auf mich zu und ich
wußte, daß sie mich ertränken würde, als ich
merkte, daß Arme mich ins Leben zurückzo-
gen.
„Du bist hier. Du bist hier... jetzt... hier bei
mir..." Es waren Mamas Arme, die mich fest-
hielten und die verhinderten, daß ich von der
schrecklichen Welle fortgerissen wurde, die
jetzt langsam zurückrollte. Mamas Tränen
machten meine Backen naß. Ich habe noch nie
gesehen, daß sie weint. Ich sah es auch jetzt
nicht, weil ich mich nicht traute, die Augen
aufzumachen. Ich spürte nur Tränen, die meine Backen entlangliefen, in meinen Hals und
meine Haare. Sie zitterte so, daß ich Angst bekam. Ich machte die Augen auf und legte mei-

ne Hände auf ihre Backen. Sie zog die Mundwinkel nach unten und sah so klein und hilflos aus. Ich legte ihren Kopf an meinen Hals.

„Mama, meine liebe Mama."

„Ich habe nur noch so wenig Mama. Das meiste verschwand, als wir sie begruben. Als die Kleine verschwand. Dann blieb nur noch so wenig übrig. Du hast so wenig Mama bekommen, Camilla, aber es gab halt nicht mehr."

„Ich liebe dich, Mama."

„Du liebst mich?"

„Ja, ganz bestimmt. Ich liebe dich doch, Mama. Ganz und gar."

„Meine Camilla. Du warst so tapfer und hast so kämpfen müssen und bist trotzdem so toll geworden. Ich liebe dich auch... doch, wirklich. Ich merke, daß ich dich jeden Tag mehr liebe. Manchmal denke ich darüber nach: du bist mir jeden Tag näher als am Tag zuvor. Dann frage ich mich, ob eine Erinnerung verblassen kann. Ich weiß vielleicht nicht mehr, wie gern ich dich früher gehabt habe, ich weiß nur, wie gern ich dich heute habe. Schrecklich, daß die Liebe verblassen kann!"

Sie strich mit der Hand über das kleine weiße Viereck, das auf dem Boden bei unseren Füßen lag.

„Ich habe Anna Helena auf diesem Foto geliebt", sagte sie. „Aber jetzt nicht mehr. Nicht mehr so sehr. Es ist eben passiert, eine Welle kam und spülte sie weg. Es ist so leer, es ist gerade passiert."

„Du hast doch mich, Mama."

„Du hast doch uns", sagte Papa, und Johan und Henrik nickten und setzten sich zu uns.

Aber Mama streichelte nur mich, und sie hatte in dem Moment nur mich lieb. Das dauerte lang, so lang bis Papa sagte:

„Meinst du nicht, daß wir den Koffer aufmachen sollten, Bi?"

Sie nickte. Papa machte den Kofferdeckel auf. Ich sah bloß Seidenpapier, Papa nahm es unter Geknister weg und zum Vorschein kam das wunderschönste Kleidungsstück, das man sich vorstellen kann. Es war ein langer Mantel aus weißem Leinen, vielleicht ein Morgenmantel, aber viel zu fein für bloß einen Morgenmantel. Er war über und über mit weißen Stickereien bedeckt. Es waren kleine Herzchen und Sterne.

„Oh, das ist ja wie für eine Prinzessin", sagte ich.

„Dann paßt es ja genau", sagte Mama.

„Vor der Abfahrt hat Papa gesagt: So, du willst also nach den Sternen greifen, mein kleines Herz. Weißt du das noch?"

Er lächelte und strich mit der Hand über den Stoff. Dann zeigte er auf das Muster:

„Da und da und da sollen die Menschen leben. In den Herzen der anderen. Und dahin sollen sie streben, zu den Sternen, wie du, wenn du davontanzt."

„Zieh ihn an", sagte Mama.

Ich zog ihn an. Er schleifte über den Boden, und ich ging in meinem eigenen wunderschönen Zimmer hin und her und hatte einen neuen Mantel an. Alle schauten mich an und hörten das leise Rascheln des Stoffes.

„Soll ich euch zeigen, was ich für euch habe?" fragte ich.

Wir gingen in die Küche. Ich holte die große Torte. Auf der Torte stand in großen, weißen Buchstaben, die ich selbst geschrieben hatte:

WILLKOMMEN!

anrichs-Schmöker-Bücher

Fanny Hedenius

Manchmal
leicht wie Sonnenschein

„Ich glaube nicht, daß ich hübsch bin. Aber
ich weiß, daß ich bin. Und was ich eventuell
noch werde, da sollen fremde Erwachsene
sich einen Dreck drum scheren. Jawoll!... Ich
wurde böse, weil ich nur eine bin, die noch
wird! Und wie ich werde? Ich will mir bitteschön selbst aussuchen, wer alles darüber ent-
scheidet, wie ich werde."
Einfühlsam erzählt Fanny Hedenius von Åsa,
ihrer Freundschaft zu Camilla und von einer
schönen, ganz zarten, behutsam geschilderten
Verliebtheit.

Aus dem Schwedischen von
Regine Elsässer.
144 Seiten, fester Einband,
ISBN 3-89106-009-2.

anrich

anrichs-Schmöker-Bücher

Eve Bunting

Bleibst du,
wenn ich frage?

„Krähe" ist Einzelgänger, und so ist das Apartment mit der Geheimtür über dem Karussell in dem alten, verlassenen Gebäude genau die richtige Wohnung für ihn. Niemand weiß davon, und er kann sicher sein, ungestört zu bleiben.

Doch dann, eines Abends, sieht er in der Dämmerung eine Gestalt auf das offene Meer hinausschwimmen. Er rast los, und es gelingt ihm, Valentine aus dem kalten Wasser zu retten. Da sie nirgends sonst hin kann, bleibt Valentine vorerst bei Krähe, was zu einer Reihe von Spannungen führt, doch zugleich kommen sich die beiden mit viel Vorsicht immer näher…

Aus dem Amerikanischen von
Siegfried Mrotzek und Ursula Philipp.
176 Seiten, fester Einband,
ISBN 3-89106-008-4.

anrich

anrichs-Schmöker-Bücher

Ian Strachan

Moses Beech

Im Schneesturm vom Weg abgekommen, bricht Peter völlig erschöpft vor der Kate des alten Moses Beech zusammen, der ihn aufnimmt und bei sich wohnen läßt. Moses ist ein bis zum Starrsinn eigenwilliger Mann, doch Peter und er lernen sich immer besser kennen und verstehen, bei der Arbeit im großen Garten, von dessen Erträgen Moses weitgehend lebt, und an den langen Abenden. Schwierig wird es, als Peter Susan begegnet, die auf dem Nachbarhof lebt. Die beiden verlieben sich ineinander, doch ihr Vater darf das auf keinen Fall wissen, sonst würde er der Polizei verraten, wo sich Peter versteckt hält…

Aus dem Englischen von
Sigrid Angelika Eisold.
236 Seiten, fester Einband,
ISBN 3-89106-014-9.

anrich

anrichs-Schmöker-Bücher

Kin Platt

Crocker

Von einer ganz normalen Liebesgeschichte
kann hier überhaupt nicht die Rede sein. Dorothy „Springer" Clark trifft Crocker zum ersten Mal, als er sie fast mit dem Fahrrad um-
gefahren hätte. Und Crocker ist der verrückte-
ste Kerl, den Dorothy kennengelernt hat. Un-
berechenbar, voller Geheimnisse und für jede
Überraschung gut.
Vor allem aber hat sich Dorothy mächtig in
Crocker verliebt!

Aus dem Amerikanischen von
Sigrid Angelika Eisold.
124 Seiten, fester Einband,
ISBN 3-89106-015-7.

anrich